Os trabalhos e os dias

BIBLIOTECA PÓLEN

Para quem não quer confundir rigor com rigidez, é fértil considerar que a filosofia não é somente uma exclusividade desse competente e titulado técnico chamado filósofo. Nem sempre ela se apresentou em público revestida de trajes acadêmicos, cultivada em viveiros protetores contra o perigo da reflexão: a própria crítica da razão, de Kant, com todo o seu aparato tecnológico, visava, declaradamente, libertar os objetos da metafísica do "monopólio das Escolas". O filosofar, desde a antiguidade, tem acontecido na forma de fragmentos, poemas, diálogos, cartas, ensaios, confissões, meditações, paródias, peripatéticos passeios, acompanhados de infindável comentário, sempre recomeçado, e até os modelos mais clássicos de sistema (Espinosa com sua ética, Hegel com sua lógica, Fichte com sua doutrina-da-ciência) são atingidos nesse próprio estatuto sistemático pelo paradoxo constitutivo que os faz viver. Essa vitalidade da filosofia, em suas múltiplas formas, é denominador comum dos livros desta coleção, que não se pretende disciplinarmente filosófica, mas, justamente, portadora desses grãos de antidogmatismo que impedem o pensamento de enclausurar-se: um convite à liberdade e à alegria da reflexão.

Rubens Rodrigues Torres Filho

Hesíodo

OS TRABALHOS E OS DIAS
(*primeira parte*)

Tradução, introdução e comentários
Mary de Camargo Neves Lafer

ILUMI//URAS

Biblioteca Pólen
Dirigida por Rubens Rodrigues Torres Filho

Título original do poema
Erga kai Heméra

Copyright © da tradução
Mary de Camargo Neves Lafer

Copyright © desta edição
Editora Iluminuras Ltda.

Capa
Fê
sobre ânfora (c. 760 a.C.), argila pintada entre [155cm de altura].
Cortesia National Archaeological Museum, Atenas.

Revisão
Jane Pessoa

Revisão do grego
Márcio M. Chaves Ferreira

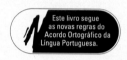

CIP-BRASIL. CATALOGAÇÃO NA PUBLICAÇÃO
SINDICATO NACIONAL DOS EDITORES DE LIVROS, RJ
H512t

    Hesíodo
        Os trabalhos e os dias / Hesíodo ; introdução, tradução e comentários Mary de Camargo Neves Lafer. - [2. ed.]. - São Paulo : Iluminuras, 2019.
        96 p. ; 21 cm.

        Tradução de: Erga kai heméra
        ISBN 978-85-7321-598-4

        1. Poesia grega. I. Lafer, Mary de Camargo Neves. II. Título.

18-53746   CDD: 881
                        CDU: 82-1(38)

ILUMI//URAS
desde 1987
Rua Salvador Corrêa, 119 | 04109-070 | Aclimação, São Paulo/SP
Telefone: 55 11 3031-6161
iluminuras@iluminuras.com.br
www.iluminuras.com.br

ÍNDICE

Agradecimentos, 9
Introdução, 11
Mary de Camargo Neves Lafer

OS TRABALHOS E OS DIAS, 17

Invocação, 19
As duas Lutas, 19
Mito de Prometeu e Pandora, 21
As cinco raças, 27
A Justiça, 33
O trabalho, 39

OS MITOS *comentários,* 47

Mary de Camargo Neves Lafer

1. As duas Lutas, 49
2. Prometeu e Pandora, 53
3. As cinco raças, 73

À GUISA DE CONCLUSÃO, 87

Bibliografia, 89
I. Edições, 89
II. Traduções, 90
III. Bibliografia citada e consultada, 91

AGRADECIMENTOS

Aos meus pais, pelo fundamental. A meus irmãos Achilles, Mônica, Orestes e Arminda, pela amizade e pela prática saudável do bom humor. A Maria Lucila, pelo carinho e pela combatividade. Aos colegas de Grego, Anna Lia, Ísis, Henrique, Torrano, Medina, Paula e Cavalcante, pelos ensinamentos e pelo apoio e, de modo muito especial, a Filomena, que solícita e solidária, socorreu-me em diversos momentos da tese que está na origem deste livro. A Maria Sylvia, pela atenção cuidadosa e pelos pertinentes comentários. Ao Rubens, que, atento, leu e comentou, com sua sensibilidade de poeta, a minha tradução. A carinhosa e sutil colaboração de D. Betty, D. Gilda e Salete. Ao trabalho inestimável de Dulce Fernandes (in memorian), Nanci Fernandes, Lia Falek e Adhemar Santa Clara. Ao apoio sempre presente da Ida e do sr. Colli. Por outros motivos, igualmente relevantes, a Maria Lúcia, Rose, Bia, Lídia, Valéria, Vera e Lúcia. A Inês e ao Manu, pelo rico aprendizado da nossa convivência. Ao Tiago, pelo seu doce amor e pela sua contagiante energia. Por fim, sem pudor, ao Celso, que, multi estimulante em seu amor, mesclou constância e generosidade nesses anos todos.

INTRODUÇÃO

Mary de Camargo Neves Lafer

Se na *Teogonia* Hesíodo mostra como se organiza o mundo dos deuses, apresentando-nos sua genealogia, mostrando sua linhagem e como foram distribuídos seus lotes e suas honras, em *Os trabalhos e os dias*, ele nos mostra algo diferente: a organização do mundo dos mortais, apontando sua origem, suas limitações, seus deveres, revelando-nos, assim, em que se fundamenta a própria condição humana.

Neste ensaio, minha preocupação é comentar os relatos míticos que aparecem em *Os trabalhos e os dias* e mostrar como eles se interligam e, em conjunto, dão forma ao que seria a natureza humana, em oposição à natureza divina e à natureza animal. Cabem aqui, entretanto, algumas informações prévias de caráter mais geral.

Os *Erga* são tradicionalmente divididos em duas partes;[1] a primeira, que aqui traduzimos e comentamos, compreende os 382 versos iniciais e constitui uma espécie de arcabouço mítico-cosmogônico para a segunda parte do poema. Esta, por sua vez, trata de prover conselhos pragmáticos e calendários relativos à agricultura e à navegação, além de fazer admoestações morais. Apesar de serem separáveis em duas sequências, os *Erga* são, como devemos salientar, no seu todo, o canto das Musas, seu hino à glória, ao poder e à Justiça de Zeus, e o cantor desse canto é Hesíodo, manifestamente nomeado como tal.[2]

---

[1] Essa divisão, evidentemente, só é adequada do ponto de vista dos nossos hábitos lógico-analíticos, já que o poema é uma unidade harmônica onde tudo o que é dito pelo poeta é por ele mesmo chamado de verdades (*etétyma*, v. 10), tanto no que se refere às narrativas míticas quanto aos conselhos práticos.

[2] Cf. TORRANO, Jaa. "Musas e ser". In: *Teogonia, a origem dos deuses*.

Hesíodo viveu na Beócia, provavelmente no final do século VIII ou começo do século VII a.c., quando escreveu este poema dirigido ao seu irmão Perses — como lemos na Invocação —, com quem o poeta estava tendo um litígio a propósito da divisão das terras e dos bens herdados do pai. Estamos, então, num contexto de pequenos agricultores, em uma terra escassa, vivendo não só um período de crise agrícola e social mas também religiosa, conforme Marcel Detienne e outros ilustres helenistas.[3] Não se trata, entretanto, de um tempo de trevas e obscurantismo, da "Idade Média" da Grécia, como querem alguns, mas sim de um período extremamente fecundo, no qual podemos localizar grandes transformações econômicas, sociais e religiosas,[4] além de nos encontrarmos diante da etapa embrionária dessa experiência única na História da Humanidade que foi a *polis* grega.

Lembremo-nos ainda de que, apesar de próximo cronologicamente, Homero está muito distante deste poeta, tendo em comum apenas a forma do verso épico que traça a sua ligação com a tradição da literatura oral, mas a separação entre ambos se verifica tanto na postura diante da própria função poética quanto no objeto dos poemas, e ainda quanto aos públicos aos quais se dirigem. Hesíodo fala de seu próprio trabalho, o de agricultor, e dirige-se a um público bem determinado, que se compõe de seu irmão, de pequenos agricultores de uma determinada região da Grécia e também de alguns poucos poderosos proprietários fundiários que habitam e fazem arbitragem nos centros urbanos.

É usual fazer-se também uma aproximação dele com o profeta Amós, por compartilharem uma condição social comum e por terem escrito na mesma época, na Grécia e em Israel Bíblico, respectivamente. A comparação, no entanto, não é muito adequada já que Hesíodo, antes de ser o porta-voz dos oprimidos, é o porta-voz das musas, valendo-se, aliás, de um repertório eminentemente

---

[3] DETIENNE, Marcel. *Crise agraire et attitude réligieuse chez Hesiode*. Bruxelas: Latomus, 1963; conferir também Peter Green, David Claus, Mina S. Jensen, F. Solmsen etc.

[4] FINLEY, Moses I. "Homer and Mycenae: Property and Tenure". *Historia, n. 6,* pp. 133-150.

ético-religioso tanto no vocabulário empregado quanto nos temas narrados. O profeta Amós se distancia dele por ser efetivamente um cantor das reivindicações sociais de um povo, enquanto o nosso poeta "apenas" reivindica uma prática jurídica inspirada na Justiça de Zeus para o seu caso pessoal e, consequentemente, também para seus contemporâneos. É curioso lembrar que justamente Homero, que escreveu para uma elite e retirou suas narrativas de uma tradição aristocrática, foi aquele que se tornou o "educador da Grécia" em toda a sua história. É, no entanto, um dado importante e que nos ajuda a compreender a razão e a motivação de Hesíodo o fato de ele ter escrito o único poema da tradição grega a se inserir no imenso quadro da *Wisdom-Literature* universal de que nos fala M. L. West.[5]

Aquilo que chamamos de *literatura sapiencial* é integrado por algumas obras da literatura nativa de muitas nações que se caracterizam pela preocupação em reunir literariamente preceitos, conselhos, admoestações e instruções repertoriadas por um povo quando — regra geral — está vivenciando períodos de profundas crises e de consequentes tentativas de reconstrução de sua sociedade e de seu patrimônio moral. O mais antigo desses textos de que temos conhecimento é um poema sumério de 285 versos chamado "Instruções de Suruppak", escrito por volta de 2500 a.C. por um sábio que teria vivido "antes do Dilúvio" ao seu filho Ziusucha. Outros interessantes exemplos podem ser observados entre os babilônios, egípcios e hindus.[6] Na Bíblia, tal como organizada no período helenístico, são exemplos de livros sapienciais os "Provérbios" e o "Eclesiastes".

Do ponto de vista temático, entretanto, Hesíodo encontra-se em situação de isolamento, pois é fato que não inaugura nenhuma escola dentro da tradição helênica; é ele, porém, quem inicia, na Grécia, o rico filão dos poetas que cantam em primeira pessoa.

---

[5] WEST, M. L. "Prolegomena". In: Hesiod. *Works and days*. Oxford: Clandon Press, 1978.
[6] M. L. West nos oferece inúmeros exemplos comentados na "Introdução" de sua edição de *Os trabalhos e os dias*.

De acordo com Louis Gernet,[7] a situação dessa época, em grande parte do território helênico, se caracteriza pelo que se conhece juridicamente como um Estado de pré-Direito. Isto porque não se pode entender a arbitragem dos *basileis*[8] como uma antecipação da justiça dos tribunais ou a de outra instância especializada em fazê-la valer. Não nos encontramos diante de um Direito arcaico, uma vez que não há função jurídica autônoma, pois, como se sabe, esta requer uma especialização, ou seja, os tribunais autônomos que julgam; e a ordem legal na Grécia, posteriormente a esse período, esteve sempre estreitamente ligada à ideia de justiça, e por isso mesmo isenta de toda rigidez formalista. Gernet nos mostra ainda que na Grécia não houve nunca, como aconteceu em Roma, em termos apropriados, uma "Filosofia do Direito", mas sim uma "Filosofia da Justiça", cuja mais elaborada formulação nos foi legada por Aristóteles em sua *Ética a Nicômaco* e que já aparece delineada na Grécia Arcaica, justamente aqui em *Os trabalhos e os dias*.

A respeito da Invocação às Musas no início do poema, e para a compreensão de seu papel na mentalidade grega do período chamado arcaico, sugiro a leitura dos interessantes ensaios de Jaa Torrano, "Musas e ser" e "Musas e poder", no estudo introdutório à sua tradução da *Teogonia*, de Hesíodo.[9]

Para finalizar esta concisa introdução, gostaria de dizer algumas palavras sobre minha proposta de tradução, para apresentá-la ao leitor e, em seguida, ensaiar em torno das narrativas míticas.

Minhas ideias sobre tradução não seguem rigidamente uma teoria sobre o assunto, mas são claramente inspiradas e extraídas dos ensinamentos teóricos e práticos de alguns autores que enumero a seguir, sem qualquer preocupação com prioridades: Paulo Rónai, Walter Benjamin, Octavio Paz, Ezra Pound, José Paulo Paes, José

---

[7] GERNET, L. "Recherches sur le développement", p. 81 apud. G. Ténékiès, *Droit Internacional*, pp. 487-8. Ver ainda GERNET, *Droit et pré-Droit*, pp. 175 ss.

[8] Palavra que se traduz por "reis" ou "chefes", mas que aqui se refere aos grandes proprietários fundiários.

[9] TORRANO, Jaa. *Teogonia, a origem dos deuses*.

Cavalcante de Souza, Jaa Torrano, Haroldo de Campos e Tércio Sampaio Ferraz Jr., entre outros. Creio que o critério de avaliação de uma tradução repousa na aceitação, pelo leitor, do enfoque adotado pelo tradutor.[10] Por isso vale a pena salientar algumas de minhas preocupações nesse campo, registrando que o meu critério é o da abrangência e não o da exclusão. Ao traduzir, meu compromisso estabeleceu-se tanto com o original grego, respeitando-lhe a sintaxe, a escolha das palavras, o ritmo e outras peculiaridades da língua, quanto com a língua portuguesa, respeitando-lhe igualmente a sintaxe, seus recursos sonoros e principalmente o caráter poético da transposição de um texto a outro; a tradução passa também por certo tipo de intuição "poética" que me parece difícil de ser explicada. O poema foi traduzido verso a verso, observando a exata transposição de todas as palavras contidas no verso grego para o verso português, e nesse sentido há apenas poucas exceções: os versos 23, 24, 249, 250, 251. Sacrifiquei algumas vezes uma preferência sonora por uma fidelidade ao sentido específico do termo grego, e raramente tomei o sentido contrário, embora tivesse me preocupado com a beleza e a fluidez do texto vernáculo. Minha postura diante do leitor foi a de transpor com clareza o que assim se apresenta no texto grego, sem didatismos, mas evitando o quanto possível uma sintaxe portuguesa estranha e arrevesada, e me orientando pela fidelidade à letra, ou melhor, ao espírito da letra. Algumas poucas notas de caráter linguístico e histórico-antropológico acompanham meu texto, que vem a ser a primeira tradução em versos para o vernáculo de *Os trabalhos e os dias*, do qual a última tradução, aliás muito rigorosa, embora em prosa, foi feita em 1947 por Amzalak, em Lisboa.[11]

---

[10] Remeto aqui o leitor, especificamente, ao interessantíssimo texto de Tércio Sampaio Ferraz Jr., "Interpretação e tradução: uma analogia esclarecedora". In: *Introdução ao estudo do Direito* (São Paulo: Atlas, 1988).

[11] Moses Bensabat Amzalak, conhecido scholar português cujos principais interesses eram história econômica e história do pensamento Econômico e que escreveu uma *História das doutrinas econômicas da antiga Grécia*, sem dúvida traduziu os *Erga* motivado pelas suas preocupações profissionais e mais interessado naquilo que chamamos de a segunda parte do poema, inserindo *Os trabalhos e os dias* na sua *História das doutrinas* (Lisboa: Academia das Ciências de Lisboa, 1947).

OS TRABALHOS E OS DIAS

ΕΡΓΑ ΚΑΙ ΗΜΕΡΑΙ

Μοῦσαι Πιερίηθεν, ἀοιδῇσι κλείουσαι,
δεῦτε Δί' ἐννέπετε, σφέτερον πατέρ' ὑμνείουσαι·
ὅν τε διὰ βροτοὶ ἄνδρες ὁμῶς ἄφατοί τε φατοί τε
ῥητοί τ' ἄρρητοί τε Διὸς μεγάλοιο ἕκητι.
Ῥέα μὲν γὰρ βριάει, ῥέα δὲ βριάοντα χαλέπτει,   5
ῥεῖα δ' ἀρίζηλον μινύθει καὶ ἄδηλον ἀέξει,
ῥεῖα δέ τ' ἰθύνει σκολιὸν καὶ ἀγήνορα κάρφει
Ζεὺς ὑψιβρεμέτης ὃς ὑπέρτατα δώματα ναίει.
Κλῦθι ἰδὼν ἀίων τε, δίκῃ δ' ἴθυνε θέμιστας
τύνη· ἐγὼ δέ κε Πέρσῃ ἐτήτυμα μυθησαίμην.   10

Οὐκ ἄρα μοῦνον ἔην Ἐρίδων γένος, ἀλλ' ἐπὶ γαῖαν
εἰσί δύω· τὴν μέν κεν ἐπαινέσσειε νοήσας,
ἢ δ' ἐπιμωμητή· διὰ δ' ἄνδιχα θυμὸν ἔχουσιν.
Ἥ μὲν γὰρ πόλεμόν τε κακὸν καὶ δῆριν ὀφέλλει,
σχετλίη· οὔ τις τήν γε φιλεῖ βροτός, ἀλλ' ὑπ' ἀνάγκης   15
ἀθανάτων βουλῇσιν Ἔριν τιμῶσι βαρεῖαν.
Τὴν δ' ἑτέρην προτέρην μὲν ἐγείνατο Νὺξ ἐρεβεννή,
θῆκε δέ μιν Κρονίδης ὑψίζυγος, αἰθέρι ναίων,
γαίης τ' ἐν ῥίζῃσι καὶ ἀνδράσι πολλὸν ἀμείνω·
ἥ τε καί ἀπάλαμόν περ ὁμῶς ἐπὶ ἔργον ἔγειρεν·   20
εἰς ἕτερον γάρ τίς τε ἰδὼν ἔργοιο χατίζει

Invocação

Musas Piérias[1] que gloriais com vossos cantos,
vinde! Dizei Zeus vosso pai hineando.
Por ele mortais igualmente desafamados e afamados,
notos e ignotos são, por graça do grande Zeus.
Pois fácil torna forte e fácil o forte enfraquece,   5
fácil o brilhante obscurece e o obscuro abrilhanta,
fácil o oblíquo apruma e o arrogante verga
Zeus altissonante que altíssimos palácios habita.
Ouve, vê, compreende e com justiça endireita sentenças
Tu! Eu a Perses[2] verdades quero contar.   10

As duas Lutas

Não há origem única de Lutas, mas sobre a terra
duas são! Uma louvaria quem a compreendesse,
condenável a outra é; em ânimo diferem ambas.
Pois uma é guerra má e o combate amplia,
funesta! Nenhum mortal a preza, mas por necessidade,   15
pelos desígnios dos imortais, honram a grave Luta.
A outra nasceu primeira da Noite Tenebrosa
e a pôs o Cronida altirregente no éter,
nas raízes da terra e para homens ela é melhor.
Esta desperta até o indolente para o trabalho: 20
pois um sente desejo de trabalho tendo visto

---

[1] Hesíodo invoca as musas da Piéria e não as do Hélicon, como faz na *Teogonia* (vv. 77-79), onde as nove musas aparecem individualmente nomeadas; sabe-se que elas habitavam igualmente um ou outro local.

[2] Perses, que aparece aqui nomeado, é o irmão de Hesíodo, a quem ele dirige este poema por estarem em litígio devido à divisão errônea dos bens paternos, que favorece o primeiro.

πλούσιον, ὃς σπεύδει μὲν ἀρώμεναι ἠδὲ φυτεύειν
οἶκόν τ' εὖ θέσθαι· ζηλοῖ δέ τε γείτονα γείτων
εἰς ἄφενος σπεύδοντ'· ἀγαθὴ δ' Ἔρις ἥδε βροτοῖσι.
Καὶ κεραμεὺς κεραμεῖ κοτέει καὶ τέκτονι τέκτων,   25
καὶ πτωχὸς πτωχῷ φθονέει καὶ ἀοιδὸς ἀοιδῷ.
Ὦ Πέρση, σὺ δὲ ταῦτα τεῷ ἐνικάτθεο θυμῷ,
μηδέ σ' Ἔρις κακόχαρτος ἀπ' ἔργου θυμὸν ἐρύκοι
νείκε' ὀπιπεύοντ' ἀγορῆς ἐπακουὸν ἐόντα.
Ὥρη γάρ τ' ὀλίγη πέλεται νεικέων τ' ἀγορέων τε   30
ᾧ τινι μὴ βίος ἔνδον ἐπηετανὸς κατάκειται
ὡραῖος, τὸν γαῖα φέρει, Δημήτερος ἀκτήν.
Τοῦ κε κορεσσάμενος νείκεα καὶ δῆριν ὀφέλλοις
κτήμασ' ἐπ' ἀλλοτρίοις. Σοὶ δ' οὐκέτι δεύτερον ἔσται
ὧδ' ἔρδειν· ἀλλ' αὖθι διακρινώμεθα νεῖκος   35
ἰθείῃσι δίκῃς αἵ τ' ἐκ Διός εἰσιν ἄρισται.
Ἤδη μὲν γὰρ κλῆρον ἐδασσάμεθ', ἄλλα τε πολλὰ
ἁρπάζων ἐφόρεις μέγα κυδαίνων βασιλῆας
δωροφάγους, οἳ τήνδε δίκην ἐθέλουσι δικάσσαι.
Νήπιοι, οὐδὲ ἴσασιν ὅσῳ πλέον ἥμισυ παντός,   40
οὐδ' ὅσον ἐν μαλάχῃ τε καὶ ἀσφοδέλῳ μέγ' ὄνειαρ.

Κρύψαντες γὰρ ἔχουσι θεοὶ βίου ἀνθρώποισι·
ῥηιδίως γάρ κεν καὶ ἐπ' ἤματι ἐργάσσαιο,
ὥς τε σε κεἰς ἐνιαυτόν ἔχειν καί ἀεργὸν ἐόντα·
αἶψά κε πηδάλιον μὲν ὑπὲρ καπνοῦ καταθεῖο,   45
ἔργα βοῶν δ' ἀπόλοιτο καὶ ἡμιόνων ταλαεργῶν.

o outro rico apressado em plantar, semear e a
casa beneficiar; o vizinho inveja ao vizinho apressado
atrás de riqueza; boa Luta para os homens esta é;
o oleiro ao oleiro cobiça, o carpinteiro ao carpinteiro,   25
o mendigo ao mendigo inveja e o aedo ao aedo.
Ó Perses! mete isto em teu ânimo:
a Luta malevolente teu peito do trabalho não afaste
para ouvir querelas na ágora e a elas dar ouvidos.
Pois pouco interesse há em disputas e discursos   30
para quem em casa abundante sustento não tem armazenado
na sua estação: o que a terra traz, o trigo de Deméter.
Fartado disto, fazer disputas e controvérsias
contra bens alheios poderias. Mas não haverá segunda vez
para assim agires. Decidamos aqui nossa disputa   35
com retas sentenças, que, de Zeus, são as melhores.
Já dividimos a herança e tu de muito mais te apoderando
levaste roubando e o fizeste também para seduzir reis
comedores-de-presentes, que este litígio querem julgar.
Néscios, não sabem quanto a metade vale mais que o todo   40
nem quanto proveito há na malva e no asfódelo.[3]

Mito de Prometeu e Pandora

Oculto retêm os deuses o vital para os homens;
senão comodamente em um só dia trabalharias
para teres por um ano, podendo em ócio ficar;
acima da fumaça logo o leme alojarias,[4]   45
trabalhos de bois e incansáveis mulas se perderiam.

---

[3] Os versos 40 e 41 reproduzem uma máxima fundamental da cultura grega ligada à ideia
de se dever "observar a medida" e também à máxima délfica "nada em excesso". O v.
41 deve também se referir a um dos Sete Sábios, Epimênides, que precisava, segundo
a tradição, apenas de malva e de asfódelo para se alimentar. (Cf. VERNANT, *As origens
do pensamento grego.*)

[4] Para a secagem e a melhor conservação do leme do navio quando em desuso, usava-se,
na Antiguidade, esse processo aqui aludido.

Ἀλλὰ Ζεὺς ἔκρυψε χολωσάμενος φρεσὶ ᾗσιν,
ὅττι μιν ἐξαπάτησε Προμηθεὺς ἀγκυλομήτης·
τοὔνεκ' ἄρ' ἀνθρώποισιν ἐμήσατο κήδεα λυγρά,
κρύψε δὲ πῦρ· τὸ μὲν αὖτις ἐὺς πάις Ἰαπετοῖο   50
ἔκλεψ' ἀνθρώποισι Διὸς παρὰ μητιόεντος
ἐν κοΐλῳ νάρθηκι λαθὼν Δία τερπικέραυνον·
τὸν δὲ χολωσάμενος προσέφη νεφεληγερέτα Ζεύς·
"Ἰαπετιονίδη, πάντων πέρι μήδεα εἰδώς,
χαίρεις πῦρ κλέψας καὶ ἐμὰς φρένας ἠπεροπεύσας,   55
σοί τ' αὐτῷ μέγα πῆμα καί ἀνδράσιν ἐσσομένοισιν·
τοῖς δ' ἐγὼ ἀντὶ πυρὸς δώσω κακόν, ᾧ κεν ἅπαντες
τέρπωνται κατὰ θυμὸν κακὸν ἀμφαγαπῶντες."
Ὣς ἔφατ', ἐκ δ' ἐγέλασσε πατὴρ ἀνδρῶν τε θεῶν τε·
Ἥφαιστον δ' ἐκέλευσε περικλυτὸν ὅττι τάχιστα   60
γαῖαν ὕδει φύρειν, ἐν δ' ἀνθρώπου θέμεν αὐδὴν
καὶ σθένος, ἀθανάτης δὲ θεῆς εἰς ὦπα ἐΐσκειν,
παρθενικῆς καλὸν εἶδος ἐπήρατον· αὐτὰρ Ἀθήνην
ἔργα διδασκῆσαι, πολυδαίδαλον ἱστὸν ὑφαίνειν·
καὶ χάριν ἀμφιχέαι κεφαλῇ χρυσέην Ἀφροδίτην   65
καί πόθον ἀργαλέον καὶ γυιοκόρους μελεδώνας·
ἐν δὲ θέμεν κύνεόν τε νόον καὶ ἐπίκλοπον ἦθος
Ἑρμείην ἤνωγε, διάκτορον Ἀργεϊφόντην.
Ὣς ἔφαθ', οἱ δ' ἐπίθοντο Διὶ Κρονίωνι ἄνακτι·
αὐτίκα δ' ἐκ γαίης πλάσσε κλυτὸς Ἀμφιγυήεις   70
παρθένῳ αἰδοίη ἴκελον Κρονίδεω διὰ βουλάς·
ζῶσε δὲ καὶ κόσμησε θεὰ γλαυκῶπις Ἀθήνη·
ἀμφὶ δέ οἱ Χάριτές τε θεαὶ καὶ πότνια Πειθὼ

Mas Zeus encolerizado em suas entranhas ocultou,[5]
pois foi logrado por Prometeu de curvo-tramar;
por isso para os homens tramou tristes pesares:
ocultou o fogo. E de novo o bravo filho de Jápeto   50
roubou-o do tramante Zeus para os homens mortais
em oca férula,[6] dissimulando-o de Zeus frui-raios.
Então encolerizado disse o agrega-nuvens Zeus:
"Filho de Jápeto, sobre todos hábil em tuas tramas,
apraz-te furtar o fogo fraudando-me as entranhas;   55
grande praga para ti e para os homens vindouros!
Para esses em lugar do fogo eu darei um mal e
todos se alegrarão no ânimo, mimando muito este mal".
Disse assim e gargalhou o pai dos homens e dos deuses;
ordenou então ao ínclito Hefesto muito velozmente   60
terra à água misturar e aí pôr humana voz e
força, e assemelhar de rosto às deusas imortais
esta bela e deleitável forma de virgem; e a Atena
ensinar os trabalhos, o polidedáleo[7] tecido tecer;
e à áurea Afrodite à volta da cabeça verter graça,   65
terrível desejo e preocupações devoradoras de membros.
Aí pôr espírito de cão e dissimulada conduta
determinou ele a Hermes Mensageiro Argifonte.
Assim disse e obedeceram a Zeus Cronida Rei.
Rápido o ínclito Coxo[8] da terra plasmou-a   70
conforme recatada virgem, por desígnios do Cronida;
Atena, deusa de glaucos olhos, cingiu-a e adornou-a;
deusas Graças e soberana Persuasão em volta

---

[5] No texto grego o verbo também rege um objeto direto que não aparece aí, mas apenas no
v. 50: o fogo (*pyr*). Decidi conservar essa disposição para assinalar que o ocultamento
do fogo se dá, de certa forma, também no nível sintático.

[6] Este era o modo de conservar e transportar o fogo aceso, já que o interior da férula é
altamente combustível e suficientemente protetor.

[7] "Polidedáleo" é um helenismo formado por dois elementos dicionarizados; "dedáleo"
é um adjetivo ligado ao nome Dédalo, o construtor do labirinto de Cnossos, e que
significa complexo, intrincado, complicado. O prefixo *poli-*, largamente empregado
em nossa língua, significa "muitos", "múltiplos" etc.

[8] O deus coxo é Hefestos.

ὅρμους χρυσείους ἔθεσαν χροΐ· ἀμφὶ δὲ τήν γε
Ὧραι καλλίκομοι στέφον ἄνθεσι εἰαρινοῖσι· 75
πάντα δέ οἱ χροῒ κόσμον ἐφήρμοσε Παλλὰς Ἀθήνη·
ἐν δ' ἄρα οἱ στήθεσσι διάκτορος Ἀργεϊφόντης
ψεύδεά θ' αἱμυλίους τε λόγους καὶ ἐπίκλοπον ἦθος
τεῦξε Διὸς βουλῆσι βαρυκτύπου· ἐν δ' ἄρα φωνὴν
θῆκε θεῶν κῆρυξ, ὀνόμηνε δὲ τήνδε γυναῖκα 80
Πανδώρην, ὅτι πάντες Ὀλύμπια δώματ' ἔχοντες
δῶρον ἐδώρησαν, πῆμ' ἀνδράσιν ἀλφηστῇσιν.
Αὐτὰρ ἐπεὶ δόλον αἰπὺν ἀμήχανον ἐξετέλεσσεν,
εἰς Ἐπιμηθέα πέμπε πατὴρ κλυτὸν Ἀργεϊφόντην
δῶρον ἄγοντα θεῶν, ταχὺν ἄγγελον· οὐδ' Ἐπιμηθεὺς 85
ἐφράσαθ' ὥς οἱ ἔειπε Προμηθεὺς μή ποτε δῶρον
δέξασθαι πὰρ Ζηνὸς Ὀλυμπίου, ἀλλ' ἀποπέμπειν
ἐξοπίσω, μή πού τι κακὸν θνητοῖσι γένηται·
αὐτὰρ ὁ δεξάμενος, ὅτε δὴ κακὸν εἶχε, νόησε.
Πρὶν μὲν γὰρ ζώεσκον ἐπὶ χθονὶ φῦλ' ἀνθρώπων 90
νόσφιν ἄτερ τε κακῶν καὶ ἄτερ χαλεποῖο πόνοιο
νούσων τ' ἀργαλέων αἵ τ' ἀνδράσι κῆρας ἔδωκαν. 92
Ἀλλὰ γυνὴ χείρεσσι πίθου μέγα πῶμ' ἀφελοῦσα 94
ἐσκέδασ'· ἀνθρώποισι δ' ἐμήσατο κήδεα λυγρά. 95
Μούνη δ' αὐτόθι Ἐλπὶς ἐν ἀρρήκτοισι δόμοισιν
ἔνδον ἔμιμνε πίθου ὑπὸ χείλεσιν, οὐδὲ θύραζε
ἐξέπτη· πρόσθεν γὰρ ἐπέμβαλε πῶμα πίθοιο
αἰγιόχου βουλῆσι Διὸς νεφεληγερέταο.
Ἄλλα δὲ μυρία λυγρὰ κατ' ἀνθρώπους ἀλάληται· 100
πλείη μὲν γὰρ γαῖα κακῶν, πλείη δὲ θάλασσα·
νοῦσοι δ' ἀνθρώποισιν ἐφ' ἡμέρῃ, αἱ δ' ἐπὶ νυκτὶ
αὐτόματοι φοιτῶσι κακὰ θνητοῖσι φέρουσαι
σιγῇ, ἐπεὶ φωνὴν ἐξείλετο μητίετα Ζεύς.

do pescoço puseram colares de ouro e a cabeça,
com flores vernais, coroaram as bem comadas Horas   75
e Palas Atena ajustou-lhe ao corpo o adorno todo.
Então em seu peito, Hermes Mensageiro Argifonte
mentiras, sedutoras palavras e dissimulada conduta
forjou, por desígnios do baritonante Zeus. Fala
o arauto dos deuses aí pôs e a esta mulher chamou   80
Pandora, porque todos os que têm olímpia morada
deram-lhe um dom, um mal aos homens que comem pão.
E quando terminou o íngreme invencível ardil,
a Epimeteu[9] o pai enviou o ínclito Argifonte
veloz mensageiro dos deuses, o dom levando; Epimeteu   85
não pensou no que Prometeu lhe dissera jamais dom
do olímpio Zeus aceitar, mas que logo o devolvesse
para mal nenhum nascer aos homens mortais.
Depois de aceitar, sofrendo o mal, ele compreendeu.
Antes vivia sobre a terra a grei dos humanos   90
a recato dos males, dos difíceis trabalhos,
das terríveis doenças que ao homem põem fim;
mas a mulher, a grande tampa do jarro alçando,
dispersou-os e para os homens tramou tristes pesares.   95
Sozinha, ali, a Expectação[10] em indestrutível morada
abaixo das bordas restou e para fora não
voou, pois antes repôs ela a tampa no jarro,
por desígnios de Zeus porta-égide, o agrega-nuvens.
Mas outros mil pesares erram entre os homens;   100
plena de males, a terra, pleno, o mar;
doenças aos homens, de dia e de noite,
vão e vêm, espontâneas, levando males aos mortais,
em silêncio, pois o tramante Zeus a voz lhes tirou.

---

[9] Epimeteu é irmão e reverso de Prometeu; seu nome indica que ele tem a compreensão
dos fatos só após terem eles acontecido, como podemos verificar no mito. Fala-se em
"prometeia" e em "epimeteia", como formas de inteligência dos fatos.

[10] *Elpís* foi traduzida por "Expectação" porque comporta mais o sentido amplo de espera
(do negativo ou do positivo) do que a palavra "Esperança", que tradicionalmente
aparece nas traduções ("Os mitos - comentários", p. 68).

Οὕτως οὔ τί πη ἔστι Διὸς νόον ἐξαλέασθαι. 105

Εἰ δ' ἐθέλεις, ἕτερόν τοι ἐγὼ λόγον ἐκκορυφώσω
εὖ καὶ ἐπισταμένως· σὺ δ' ἐνὶ φρεσὶ βάλλεο σῇσιν.
['Ως ὁμόθεν γεγάασι θεοὶ θνητοί τ' ἄνθρωποι.]
Χρύσεον μὲν πρώτιστα γένος μερόπων ἀνθρώπων
ἀθάνατοι ποίησαν Ὀλύμπια δώματ' ἔχοντες. 110
Οἳ μὲν ἐπὶ Κρόνου ἦσαν, ὅτ' οὐρανῷ ἐμβασίλευεν·
ὥς τε θεοί δ' ἔζωον ἀκηδέα θυμὸν ἔχοντες
νόσφιν ἄτερ τε πόνων καὶ ὀιζύος· οὐδέ τι δειλὸν
γῆρας ἐπῆν, αἰεὶ δὲ πόδας καὶ χεῖρας ὁμοῖοι
τέρποντ' ἐν θαλίῃσι κακῶν ἔκτοσθεν ἁπάντων· 115
θνῆσκον δ' ὥς θ' ὕπνῳ δεδμημένοι· ἐσθλὰ δὲ πάντα
τοῖσιν ἔην· καρπὸν δ' ἔφερε ζείδωρος ἄρουρα
αὐτομάτη πολλόν τε καὶ ἄφθονον· οἳ δ' ἐθελημοὶ
ἥσυχοι ἔργ' ἐνέμοντο σὺν ἐσθλοῖσιν πολέεσσιν. 119
Αὐτὰρ ἐπεὶ δὴ τοῦτο γένος κατά γαῖα κάλυψε, 121
τοὶ μὲν δαίμονές εἰσι Διὸς μεγάλου διὰ βουλάς
ἐσθλοί, ἐπιχθόνιοι, φύλακες θνητῶν ἀνθρώπων,
[οἵ ῥα φυλάσσουσίν τε δίκας καὶ σχέτλια ἔργα
ἠέρα ἑσσάμενοι πάντη φοιτῶντες ἐπ' αἶαν,]
πλουτοδόται· καὶ τοῦτο γέρας βασιλήιον ἔσχον. 126

Δεύτερον αὖτε γένος πολὺ χειρότερον μετόπισθεν
ἀργύρεον ποίησαν Ὀλύμπια δώματ' ἔχοντες,
χρυσέῳ οὔτε φυὴν ἐναλίγκιον οὔτε νόημα·
ἀλλ' ἑκατὸν μὲν παῖς ἔτεα παρὰ μητέρι κεδνῇ 130
ἐτρέφετ' ἀτάλλων, μέγα νήπιος, ᾧ ἐνὶ οἴκῳ·

Da inteligência de Zeus não há como escapar!   105

As cinco raças

Raça de Ouro —
Se queres, com outra estória esta encimarei;
bem e sabiamente lança-a em teu peito!
[Como da mesma origem nasceram deuses e homens.]
Primeiro de ouro a raça dos homens mortais
criaram os imortais, que mantêm olímpias moradas.   110
Eram do tempo de Cronos, quando no céu este reinava;
como deuses viviam, tendo despreocupado coração,
apartados, longe de penas e misérias; nem temível
velhice lhes pesava, sempre iguais nos pés e nas mãos,
alegravam-se em festins, os males todos afastados,   115
morriam como por sono tomados; todos os bens eram
para eles: espontânea a terra nutriz fruto
trazia abundante e generoso e eles, contentes,
tranquilos nutriam-se de seus pródigos bens.
Mas depois que a terra a esta raça cobriu   120
eles são, por desígnios do poderoso Zeus, gênios
corajosos, ctônicos, curadores dos homens mortais.
[Eles então vigiam decisões e obras malsãs,
vestidos de ar vagam onipresentes pela terra.]   125
E dão riquezas: foi este o seu privilégio real.

Raça de Prata —
Então uma segunda raça bem inferior criaram,
argêntea, os que detêm olímpia morada;
à áurea, nem por talhe nem por espírito, semelhante;
mas por cem anos filho junto à mãe cuidadosa   130
crescia, menino grande, em sua casa brincando,

ἀλλ' ὅτ' ἀνηβήσαι τε καὶ ἥβης μέτρον ἵκοιτο,
παυρίδιον ζώεσκον ἐπὶ χρόνον, ἄλγε' ἔχοντες
ἀφραδίης· ὕβριν γὰρ ἀτάσθαλον οὐκ ἐδύναντο
ἀλλήλων ἀπέχειν, οὐδ' ἀθανάτους θεραπεύειν   135
ἤθελον οὐδ' ἔρδειν μακάρων ἱεροῖς ἐπὶ βωμοῖς,
ἣ θέμις ἀνθρώποισι κατ' ἤθεα. Τοὺς μὲν ἔπειτα
Ζεὺς Κρονίδης ἔκρυψε χολούμενος, οὕνεκα τιμὰς
οὐκ ἔδιδον μακάρεσσι θεοῖς οἳ Ὄλυμπον ἔχουσιν.
Αὐτάρ ἐπεὶ καὶ τοῦτο γένος κατὰ γαῖα κάλυψε,   140
τοὶ μὲν ὑποχθόνιοι μάκαρες θνητοῖς καλέονται,
δεύτεροι, ἀλλ' ἔμπης τιμὴ καὶ τοῖσιν ὀπηδεῖ.

Ζεὺς δὲ πατὴρ τρίτον ἄλλο γένος μερόπων ἀνθρώπων
χάλκειον ποίησ', οὐκ ἀργυρέῳ οὐδὲν ὁμοῖον,
ἐκ μελιᾶν, δεινόν τε καὶ ὄβριμον· οἷσιν Ἄρηος   145
ἔργ' ἔμελεν στονόεντα καὶ ὕβριες· οὐδέ τι σῖτον
ἤσθιον, ἀλλ' ἀδάμαντος ἔχον κρατερόφρονα θυμόν,
ἄπλαστοι· μεγάλη δὲ βίη καὶ χεῖρες ἄαπτοι
ἐξ ὤμων ἐπέφυκον ἐπὶ στιβαροῖσι μέλεσσι·
τῶν δ' ἦν χάλκεα μὲν τεύχεα, χάλκεοι δέ τε οἶκοι,   150
χαλκῷ δ' εἰργάζοντο· μέλας δ' οὐκ ἔσκε σίδηρος.
Καὶ τοὶ μὲν χείρεσσιν ὑπὸ σφετέρῃσι δαμέντες
βῆσαν ἐς εὐρώεντα δόμον κρυεροῦ Ἀίδαο
νώνυμνοι· θάνατος δὲ καὶ ἐκπάγλους περ ἐόντας
εἷλε μέλας, λαμπρὸν δ' ἔλιπον φάος ἠελίοιο.   155

Αὐτὰρ ἐπεὶ καὶ τοῦτο γένος κατὰ γαῖα κάλυψεν,

e quando cresciam[11] e atingiam o limiar da adolescência
pouco tempo viviam padecendo horríveis dores
por insensatez; pois louco Excesso[12] não podiam
conter em si, nem aos imortais queriam servir   135
nem sacrificar aos venturosos em sagradas aras,
lei entre os homens segundo o costume. Então
Zeus Cronida encolerizado os escondeu porque honra
não davam aos ditosos deuses que o Olimpo detêm.
Depois também esta raça sob a terra ele ocultou   140
e são chamados hipoctônicos, venturosos pelos mortais,
segundos, mas ainda assim honra os acompanha.

Raça de Bronze —
E Zeus Pai, terceira, outra raça de homens mortais
brônzea criou em nada se assemelhando à argêntea;
era do freixo, terrível e forte, e lhe importavam de Ares   145
obras gementes e violências; nenhum trigo
eles comiam e de aço tinham resistente o coração;
inacessíveis: grande sua força e braços invencíveis
dos ombros nasciam sobre as robustas partes.
Deles, brônzeas as armas e brônzeas as casas,   150
com bronze trabalhavam: negro ferro não havia.
E por suas próprias mãos tendo sucumbido
desceram ao úmido palácio do gélido Hades;
anônimos; a morte, por assombrosos que fossem,
pegou-os negra. Deixaram, do sol, a luz brilhante.   155

Raça dos Heróis —
Mas depois também a esta raça a terra cobriu,

---

[11] Mantive na tradução a variação de concordância do verbo com o sujeito no singular e no plural como acontece no texto grego.

[12] A palavra *hýbris* significa "violência provocada por paixão", "ultraje", "golpes desferidos por alguém", "soberba" etc. Assim, não me parece adequado traduzi-la por "Desmedida" ou por "Violência", conforme consagrou a tradição, já que ambas refletem apenas parcialmente o sentido do original; parece-me que "Excesso" se presta melhor para traduzir essa noção em português.

αὖτις ἔτ' ἄλλο τέταρτον ἐπὶ χθονὶ πουλυβοτείρῃ
Ζεὺς Κρονίδης ποίησε, δικαιότερον καὶ ἄρειον,
ἀνδρῶν ἡρώων θεῖον γένος, οἳ καλέονται
ἡμίθεοι, προτέρη γενεὴ κατ' ἀπείρονα γαῖαν.   160
Καὶ τοὺς μὲν πόλεμός τε κακὸς καὶ φύλοπις αἰνὴ
τοὺς μὲν ὑφ' ἑπταπύλῳ Θήβῃ, Καδμηίδι γαίῃ,
ὤλεσε μαρναμένους μήλων ἕνεκ' Οἰδιπόδαο,
τοὺς δὲ καὶ ἐν νήεσσιν ὑπὲρ μέγα λαῖτμα θαλάσσης
ἐς Τροίην ἀγαγὼν Ἑλένης ἕνεκ' ἠυκόμοιο·   165
ἔνθ' ἦ τοι τοὺς μὲν θανάτου τέλος ἀμφεκάλυψε,
τοῖς δὲ δίχ' ἀνθρώπων βίοτον καὶ ἤθε' ὀπάσσας
Ζεὺς Κρονίδης κατένασσε πατὴρ ἐς πείρατα γαίης   168
Καὶ τοὶ μὲν ναίουσιν ἀκηδέα θυμὸν ἔχοντες   170
ἐν μακάρων νήσοισι παρ' Ὠκεανὸν βαθυδίνην,
ὄλβιοι ἥρωες, τοῖσιν μελιηδέα καρπὸν
τρὶς ἔτεος θάλλοντα φέρει ζείδωρος ἄρουρα.   173

[τηλοῦ ἀπ' ἀθανάτων· τοῖσιν Κρόνος ἐμβασιλεύει.]   169a
[Τοῦ γὰρ δεσμὸν ἔλυσε πἀτὴρ ἀνδρῶν τε θεῶν τε,   b
τοῖσι δ' ἄρα ἰεάτοις τιμῇν καὶ κῦδος ὄπασσεν,   c
οὐδ' οὕτως κλυτὸν ἄλλο γένος θῆκ'''εὐρύοπα Ζεὺς   d
ἀνδρῶν οἳ‸ γεγάασιν ἐπὶ‸χθονὶ πουλυβοτείρῃ.]   e

Μηκέτ' ἔπειτ' ὤφελλον ἐγὼ πέμπτοισι μετεῖναι   174
ἀνδράσιν, ἀλλ' η πρόσθε θανεῖν η ἔπειτα γενέσθαι.   175
Νῦν γὰρ δὴ γένος ἐστὶ σιδήρεον· οὐδέ ποτ' ἦμαρ
παύσονται καμάτου καὶ οἰζύος οὐδέ τι νύκτωρ
φθειρόμενοι, χαλεπὰς δὲ θεοὶ δώσουσι μερίμνας.
Ἀλλ' ἔμπης καὶ τοῖσι μεμείξεται ἐσθλὰ κακοῖσιν.
Ζεὺς δ' ὀλέσει καὶ τοῦτο γένος μερόπων ἀνθρώπων,   180
εὖτ' αν γεινόμενοι πολιοκρόταφοι τελέθωσιν·
οὐδὲ πατὴρ παίδεσσιν ὁμοίιος οὐδέ τι παῖδες,
οὐδὲ ξεῖνος ξεινοδόκῳ καὶ ἑταῖρος ἑταίρῳ,
οὐδὲ κασίγνητος φίλος ἔσσεται, ὡς τὸ πάρος περ·

de novo ainda outra, quarta, sobre fecunda terra
Zeus Cronida fez mais justa e mais corajosa,
raça divina de homens heróis e são chamados
semideuses, geração anterior à nossa na terra sem fim.   160
A estes a guerra má e o grito temível da tribo
a uns, na terra Cadmeia, sob Tebas de Sete Portas,
fizeram perecer pelos rebanhos de Édipo combatendo,
e a outros, embarcados para além do grande mar abissal
a Troia levaram por causa de Helena de belos cabelos,   165
ali certamente remate de morte os envolveu todos
e longe dos humanos dando-lhes sustento e morada
Zeus Cronida Pai nos confins da terra os confinou.
E são eles que habitam de coração tranquilo
a Ilha dos Bem-Aventurados, junto ao oceano profundo,   170
heróis afortunados, a quem doce fruto
traz três vezes ao ano a terra nutriz.

Raça de Ferro —
Antes não estivesse eu entre os homens da quinta raça,
mais cedo tivesse morrido ou nascido depois.   175
Pois agora é a raça de ferro e nunca durante o dia
cessarão de labutar e penar e nem à noite de se
destruir; e árduas angústias os deuses lhes darão.
Entretanto a esses males bens estarão misturados.
Também esta raça de homens mortais Zeus destruirá,   180
no momento em que nascerem com têmporas encanecidas.
Nem pai a filhos se assemelhará, nem filhos a pai; nem hóspedes a
hospedeiro ou companheiro a companheiro,
e nem irmão a irmão caro será, como já havia sido;

αἶψα δὲ γηράσκοντας ἀτιμάσουσι τοκῆας· 185
μέμψονται δ' ἄρα τοὺς χαλεποῖς βάζοντες ἔπεσσι,
σχέτλιοι, οὐδὲ θεῶν ὄπιν εἰδότες· οὐδέ κεν οἵ γε
γηράντεσσι τοκεῦσιν ἀπὸ θρεπτήρια δοῖεν·
[χειροδίκαι· ἕτερος δ' ἑτέρου πόλιν ἐξαλαπάξει·]
οὐδέ τις εὐόρκου χάρις ἔσσεται οὔτε δικαίου 190
οὔτ' ἀγαθοῦ, μᾶλλον δὲ κακῶν ῥεκτῆρα καὶ ὕβριν
ἀνέρα τιμήσουσι· δίκη δ' ἐν χερσί, καὶ αἰδὼς
οὐκ ἔσται· βλάψει δ' ὁ κακὸς τὸν ἀρείονα φῶτα
μύθοισιν σκολιοῖς ἐνέπων, ἐπὶ δ' ὅρκον ὀμεῖται·
ζῆλος δ' ἀνθρώποισιν ὀιζυροῖσιν ἅπασι 195
δυσκέλαδος κακόχαρτος ὁμαρτήσει στυγερώπης.
Καὶ τότε δὴ πρὸς Ὄλυμπον ἀπὸ χθονὸς εὐρυοδείης
λευκοῖσιν φάρεσσι καλυψαμένα χρόα καλὸν
ἀθανάτων μετὰ φῦλον ἴτον προλιπόντ' ἀνθρώπους
Αἰδὼς καὶ Νέμεσις· τὰ δέ λείψεται ἄλγεα λυγρὰ 200
θνητοῖς ἀνθρώποισι· κακοῦ δ' οὐκ ἔσσεται ἀλκή.

Νῦν δ' αἶνον βασιλεῦσι ἐρέω φρονέουσι καὶ αὐτοῖς.
Ὧδ' ἴρηξ προσέειπεν ἀηδόνα ποικιλόδειρον
ὕψι μάλ' ἐν νεφέεσσι φέρων ὀνύχεσσι μεμαρπώς·
ἣ δ' ἐλεόν, γναμπτοῖσι πεπαρμένη ἀμφ' ὀνύχεσσι, 205
μύρετο· τὴν ὅ γ' ἐπικρατέως πρὸς μῦθον ἔειπεν·
"Δαιμονίη, τί λέληκας; ἔχει νύ σε πολλὸν ἀρείων·
τῇ δ' εἷς ᾗ σ' ἂν ἐγώ περ ἄγω καὶ ἀοιδὸν ἐοῦσαν·
δεῖπνον δ' αἴ κ' ἐθέλω, ποιήσομαι ἠὲ μεθήσω.
Ἄφρων δ', ὅς κ' ἐθέλῃ πρὸς κρείσσονας ἀντιφερίζειν· 210
νίκης τε στέρεται πρός τ' αἴσχεσιν ἄλγεα πάσχει".

vão desonrar os pais tão logo estes envelheçam 185
e vão censurá-los, com duras palavras insultando-os;
cruéis; sem conhecer o olhar dos deuses e sem poder
retribuir aos velhos pais os alimentos;
[com a lei nas mãos, um do outro saqueará a cidade][13]
graça alguma haverá a quem jura bem, nem ao justo 190
nem ao bom; honrar-se-á muito mais ao malfeitor e ao
homem desmedido; com justiça na mão, respeito não
haverá; o covarde ao mais viril lesará com
tortas palavras falando e sobre elas jurará.
A todos os homens miseráveis a inveja acompanhará, 195
ela, malsonante, malevolente, maliciosa ao olhar.
Então, ao Olimpo, da terra de amplos caminhos,
com os belos corpos envoltos em alvos véus,
à tribo dos imortais irão, abandonando os homens,
Respeito e Retribuição; e tristes pesares vão deixar 200
aos homens mortais. Contra o mal força não haverá!

A Justiça

Agora uma fábula falo aos reis mesmo que isso saibam.
Assim disse o gavião ao rouxinol de colorido colo
no muito alto das nuvens levando-o cravado nas garras;
ele miserável varado todo por recurvadas garras 205
gemia enquanto o outro prepotente ia lhe dizendo:
"Desafortunado, o que gritas? Tem a ti um bem mais forte;
tu irás por onde eu te levar, mesmo sendo bom cantor;
alimento, se quiser, de ti farei ou até te soltarei.
Insensato quem com mais fortes queira medir-se, 210
de vitória é privado e sofre, além de penas, vexame".

---

[13] Os versos entre colchetes são aqueles que nem todos os editores de Hesíodo aceitam.
Assim, este verso é aceito por M. L. West e não o é por P. Mazon, o mesmo acontecendo com o v. 223 e v. 108. Por não estar fazendo estabelecimento de texto, preferi manter a cautela dos colchetes.

Ὣς ἔφατ' ὠκυπέτης ἴρηξ, τανυσίπτερος ὄρνις.
Ὦ Πέρση, σὺ δ' ἄκουε δίκης, μηδ' ὕβριν ὄφελλε·
ὕβρις γάρ τε κακὴ δειλῷ βροτῷ· οὐδὲ μὲν ἐσθλὸς
ῥηιδίως φερέμεν δύναται, βαρύθει δέ θ' ὑπ' αὐτῆς   215
ἐγκύρσας ἀάτησιν· ὁδὸς δ' ἑτέρηφι παρελθεῖν
κρείσσων ἐς τὰ δίκαια· δίκη δ' ὑπὲρ ὕβριος ἴσχει
ἐς τέλος ἐξελθοῦσα· παθὼν δέ τε νήπιος ἔγνω.
Αὐτίκα γὰρ τρέχει Ὅρκος ἅμα σκολιῇσι δίκῃσιν·
τῆς δὲ Δίκης ῥόθος ἑλκομένης ᾗ κ' ἄνδρες ἄγωσι   220
δωροφάγοι, σκολιῇς δὲ δίκῃς κρίνωσι θέμιστας·
ἣ δ' ἕπεται κλαίουσα πόλιν καὶ ἤθεα λαῶν
[ἠέρα ἑσσαμένη κακὸν ἀνθρώποισι φέρουσα]
οἵ τε μιν ἐξελάσωσι καὶ οὐκ ἰθεῖαν ἔνειμαν.
Οἳ δὲ δίκας ζείνοισι καὶ ἐνδήμοισι διδοῦσιν   225
ἰθείας καὶ μή τι παρεκβαίνουσι δικαίου,
τοῖσι τέθηλε πόλις, λαοὶ δ' ἀνθεῦσιν ἐν αὐτῇ·
εἰρήνη δ' ἀνὰ γῆν κουροτρόφος, οὐδέ ποτ' αὐτοῖς
ἀργαλέον πόλεμον τεκμαίρεται εὐρύοπα Ζεύς·
οὐδέ ποτ' ἰθυδίκῃσι μετ' ἀνδράσι λιμὸς ὀπηδει   230
οὐδ' ἄτη, θαλίῃς δὲ μεμηλότα ἔργα νέμονται·
τοῖσι φέρει μὲν γαῖα πολὺν βίον, οὔρεσι δὲ δρῦς
ἄκρη μέν τε φέρει βαλάνους, μέσση δὲ μελίσσας·
εἰροπόκοι δ' ὄιες μαλλοῖς καταβεβρίθασι·
τίκτουσιν δὲ γυναῖκες ἐοικότα τέκνα γονεῦσι·   235
θάλλουσιν δ' ἀγαθοῖσι διαμπερές· οὐδ' ἐπὶ νηῶν
νίσονται, καρπὸν δὲ φέρει ζείδωρος ἄρουρα.
Οἷς δ' ὕβρις τε μέμηλε κακὴ καὶ σχέτλια ἔργα,
τοῖς δὲ δίκην Κρονίδης τεκμαίρεται εὐρύοπα Ζεύς·
πολλάκι καὶ ξύμπασα πόλις κακοῦ ἀνδρὸς ἀπηύρα,   240
ὅς τις ἀλιτραίνη καὶ ἀτάσθαλα μηχανάαται·
τοῖσιν δ' οὐρανόθεν μέγ' ἐπήγαγε πῆμα Κρονίων,
λιμὸν ὁμοῦ καὶ λοιμόν· ἀποφθινύθουσι δὲ λαοί.
οὐδὲ γυναῖκες τίκτουσιν, μινύθουσι δὲ οἶκοι
Ζηνὸς φραδμοσύνῃσιν Ὀλυμπίου· ἄλλοτε δ' αὖτε   245

34

Assim falou o gavião de voo veloz, ave de longas asas.
Tu, ó Perses, escuta a Justiça e o Excesso não amplies!
O Excesso é mal ao homem fraco e nem o poderoso
facilmente pode sustentá-lo e sob seu peso desmorona   215
quando em desgraça cai; a rota a seguir pelo outro lado
é preferível: leva ao justo; Justiça sobrepõe-se a Excesso
quando se chega ao final: o néscio aprende sofrendo.
Bem rápido corre o Juramento por tortas sentenças
e o clamor de Justiça, arrastada por onde a levam os homens 220
comedores-de-presentes e por tortas sentenças a veem!
Ela segue chorando as cidades e os costumes dos povos
[vestida de ar e aos homens levando o mal]
que a expulsaram e não a distribuíram retamente.
Àqueles que a forasteiros e nativos dão sentenças   225
retas, em nada se apartando do que é justo,
para eles a cidade cresce e nela floresce o povo;
sobre esta terra está a paz nutriz de jovens e a eles
não destina penosa guerra o longevidente Zeus:
nem a homens equânimes a fome acompanha nem   230
a desgraça: em festins desfrutam dos campos cultivados;
a terra lhes traz muito alimento; nos montes, o carvalho
no topo traz bálanos e em seu meio, abelhas;
ovelhas de pelo espesso quase sucumbem sob sua lã;
mulheres parem crianças que se assemelham aos pais;   235
sem cessar desabrocham em bens e não partem
em naves, pois já lhes traz o fruto a terra nutriz.
Àqueles que se ocupam do mau Excesso, de obras más,
a eles a Justiça destina o Cronida, Zeus longevidente.
Amiúde paga a cidade toda por um único homem mau   240
que se extravia e que maquina desatinos.
Para eles do céu envia o Cronida grande pesar:
fome e peste juntas, e assim consomem-se os povos,
as mulheres não parem mais e as casas se arruínam
pelos desígnios de Zeus olímpio; outras vezes ainda   245

η τῶν γε στρατὸν εὐρὺν ἀπώλεσεν ἢ ὅ γε τεῖχος
η νέας ἐν πόντῳ Κρονίδης ἀποτείνυται αὐτῶν.
Ὦ βασιλῆες, ὑμεῖς δὲ καταφράζεσθε καὶ αὐτοὶ
τήνδε δίκην· ἐγγὺς γὰρ ἐν ἀνθρώποισιν ἐόντες
ἀθάνατοι φράζονται ὅσοι σκολιῇσι δίκῃσιν   250
ἀλλήλους τρίβουσι θεῶν ὄπιν οὐκ ἀλέγοντες.
Τρὶς γὰρ μύριοί εἰσιν ἐπὶ χθονὶ πουλυβοτείρῃ
ἀθάνατοι Ζηνὸς φύλακες θνητῶν ἀνθρώπων·
οἵ ῥα φυλάσσουσίν τε δίκας καὶ σχέτλια ἔργα
ἠέρα ἑσσάμενοι, πάντη φοιτῶντες ἐπ' αἶαν.   255
Ἡ δέ τε παρθένος ἐστὶ Δίκη, Διὸς ἐκγεγαυῖα,
κυδρή τ' αἰδοίη τε θεοῖς οἳ Ὄλυμπον ἔχουσι·
καί ῥ' ὁπότ' ἄν τίς μιν βλάπτῃ σκολιῶς ὀνοτάζων,
αὐτίκα πὰρ Διὶ πατρὶ καθεζομένη Κρονίωνι
γηρύετ' ἀνθρώπων ἀδίκων νόον, ὄφρ' ἀποτείσῃ   260
δῆμος ἀτασθαλίας βασιλέων οἳ λυγρά νοεῦντες
ἄλλη παρκλίνωσι δίκας σκολιῶς ἐνέποντες.
Ταῦτα φυλασσόμενοι, βασιλῆες, ἰθύνετε μύθους,
δωροφάγοι, σκολιῶν δὲ δικέων ἐπὶ πάγχυ λάθεσθε·
οἳ γ' αὐτῷ κακὰ τεύχει ἀνὴρ ἄλλῳ κακὰ τεύχων,   265
ἡ δὲ κακὴ βουλὴ τῷ βουλεύσαντι κακίστη·
πάντα ἰδὼν Διὸς ὀφθαλμὸς καὶ πάντα νοήσας
καί νυ τάδ', αἴ κ' ἐθέλῃσ', ἐπιδέρκεται, οὐδέ ἑ λήθει
οἵην δὴ καὶ τήνδε δίκην πόλις ἐντὸς ἐέργει.
Νῦν δὴ ἐγὼ μήτ' αὐτὸς ἐν ἀνθρώποισι δίκαιος   270
εἴην μήτ' ἐμὸς υἱός· ἐπεὶ κακὸν ἄνδρα δίκαιον
ἔμμεναι, εἰ μείζω γε δίκην ἀδικώτερος ἕξει.
Ἀλλὰ τά γ' οὔπω ἔολπα τελεῖν Δία μητιόεντα.
Ὦ Πέρση, σὺ δὲ ταῦτα μετὰ φρεσὶ βάλλεο σῇσι,
καί νυ δίκης ἐπάκουε, βίης δ' ἐπιλήθεο πάμπαν.   275
Τόνδε γὰρ ἀνθρώποισι νόμον διέταξε Κρονίων,
ἰχθύσι μὲν καὶ θηρσὶ καὶ οἰωνοῖς πετεηνοῖς
ἐσθέμεν ἀλλήλους, ἐπεὶ οὐ δίκη ἐστὶ μετ' αὐτοῖς·
ἀνθρώποισι δ' ἔδωκε δίκην, ἣ πολλὸν ἀρίστη

ou lhes destrói vasto exército e muralha ou
navios em alto-mar lhes reclama o Cronida.
E também vós, ó reis, considerai vós mesmos
esta Justiça, pois muito próximos estão os imortais
e entre os homens observam quanto lesam uns aos outros   250
com tortas sentenças, negligenciando o olhar divino.
E trinta mil são sobre a terra multinutriz
os gênios de Zeus, guardiães dos homens mortais;
são eles que vigiam sentenças e obras malsãs,
vestidos de ar vagam onipresentes pela terra.   255
E há uma virgem, Justiça, por Zeus engendrada,
gloriosa e augusta entre os deuses que o Olimpo têm
e quando alguém a ofende, sinuosamente a injuriando,
de imediato ela junto ao Pai Zeus Cronida se assenta
e denuncia a mente dos homens injustos até que expie   260
o povo o desatino dos reis que maquinam maldades e
diversamente desviam-se, formulando tortas sentenças.
Isto observando, alinhai as palavras, ó reis
comedores-de-presentes, esquecei de vez tortas sentenças!
A si mesmo o homem faz mal, a um outro o mal fazendo: 265
para quem a intenta a má intenção malíssima é.
O olho de Zeus que tudo vê e assim tudo sabe
também isto vê, se quiser, vê e não ignora
que Justiça é esta que a cidade em si encerra.
Agora eu mesmo justo entre os homens não quereria ser   270
e nem meu filho, porque é um mal homem justo ser
quando se sabe que maior Justiça terá o mais injusto.
Mas espero isto não deixar cumprir-se o tramante Zeus!
Tu, ó Perses, lança isto em teu peito:
A Justiça escuta e o Excesso esquece de vez!   275
Pois esta lei aos homens o Cronida dispôs:
que peixes, animais e pássaros que voam
devorem-se entre si, pois entre eles Justiça não há;
aos homens deu Justiça que é de longe o bem maior;

γίγνεται· εἰ γάρ τίς κ' ἐθέλῃ τὰ δίκαι' ἀγορεῦσαι   280
γιγνώσκων, τῷ μέν τ' ὄλβον διδοῖ εὐρύοπα Ζεύς·
ὃς δέ κε μαρτυρίῃσι ἑκὼν ἐπίορκον ὀμόσσας
ψεύσεται, ἐν δὲ δίκην βλάψας νήκεστον ἀασθῇ,
τοῦ δέ τ' ἀμαυροτέρη γενεὴ μετόπισθε λέλειπται·
ἀνδρὸς δ' εὐόρκου γενεὴ μετόπισθεν ἀμείνων.   285

Σοὶ δ' ἐγὼ ἐσθλά νοέων ἐρέω, μέγα νήπιε Πέρση.
Τὴν μέν τοι κακότητα καὶ ἰλαδὸν ἔστιν ἑλέσθαι
ῥηιδίως· λείη μὲν ὁδός, μάλα δ' ἐγγύθι ναίει.
Τῆς δ' ἀρετῆς ἱδρῶτα θεοὶ προπάροιθεν ἔθηκαν
ἀθάνατοι· μακρὸς δὲ καὶ ὄρθιος οἶμος ἐς αὐτὴν   290
καὶ τρηχὺς τὸ πρῶτον· ἐπὴν δ' εἰς ἄκρον ἵκηαι,
ῥηιδίη δὴ ἔπειτα πέλει, χαλεπή περ ἐοῦσα.
Οὗτος μὲν πανάριστος, ὃς αὐτὸς πάντα νοήσῃ
φρασσάμενος τά κ' ἔπειτα καὶ ἐς τέλος ᾖσιν ἀμείνω·
ἐσθλὸς δ' αὖ κἀκεῖνος ὃς εὖ εἰπόντι πίθηται·   295
ὃς δέ κε μήτ' αὐτὸς νοέῃ μήτ' ἄλλου ἀκούων
ἐν θυμῷ βάλληται, ὃ δ' αὖτ' ἀχρήιος ἀνήρ.
Ἀλλὰ σύ γ' ἡμετέρης μεμνημένος αἰὲν ἐφετμῆς
ἐργάζευ, Πέρση, δῖον γένος, ὄφρα σε λιμὸς
ἐχθαίρῃ, φιλέῃ δέ σ' ἐυστέφανος Δημήτηρ   300
αἰδοίη, βιότου δὲ τεὴν πιμπλῇσι καλιήν·
λιμὸς γάρ τοι πάμπαν ἀεργῷ σύμφορος ἀνδρί·
τῷ δὲ θεοὶ νεμεσῶσι καὶ ἀνέρες ὅς κεν ἀεργὸς
ζώῃ, κηφήνεσσι κοθούροις εἴκελος ὀργήν,
οἵ τε μελισσάων κάματον τρύχουσιν ἀεργοὶ   305
ἔσθοντες· σοὶ δ' ἔργα φίλ' ἔστω μέτρια κοσμεῖν,
ὥς κέ τοι ὡραίου βιότου πλήθωσι καλιαί.
Ἐξ ἔργων δ' ἄνδρες πολύμηλοί τ' ἀφνειοί τε·
καὶ ἐργαζόμενοι πολὺ φίλτεροι ἀθανάτοισιν.   309

pois se alguém quiser as coisas justas proclamar   280
sabiamente, prosperidade lhe dá o longevidente Zeus;
mas quem deliberadamente jurar com perjúrios e,
mentindo, ofender a Justiça, comete irreparável crime;
deste, a estirpe no futuro se torna obscura,
mas do homem fiel ao juramento a estirpe será melhor.   285

O trabalho

A ti boas coisas falarei, ó Perses, grande tolo!
Adquirir a miséria, mesmo que seja em abundância
é fácil; plana é a rota e perto ela reside.
Mas diante da excelência, suor puseram os deuses
imortais, longa e íngreme é a via até ela,   290
áspera de início, mas depois que atinges o topo
fácil desde então é, embora difícil seja.
Homem excelente é quem por si mesmo tudo pensa,
refletindo o que então e até o fim seja melhor;
e é bom também quem ao bom conselheiro obedece;   295
mas quem não pensa por si nem ouve o outro
é atingido no ânimo; este, pois, é homem inútil.
Mas tu, lembrando sempre do nosso conselho,
trabalha, ó Perses, divina progênie, para que a fome
te deteste e te queira a bem coroada e veneranda   300
Deméter, enchendo-te de alimentos o celeiro;
pois a fome é sempre do ocioso companheira;
deuses e homens se irritam com quem ocioso
vive; na índole se parece aos zangões sem dardo,
que o esforço das abelhas, ociosamente destroem,   305
comendo-o; que te seja caro prudentes obras ordenar,
para que teus celeiros se encham do sustento sazonal.
Por trabalhos os homens são ricos em rebanhos e recursos
e, trabalhando, muito mais caros serão aos imortais.   309

Ἔργον δ' οὐδὲν ὄνειδος, ἀεργίη δέ τ' ὄνειδος· 311
εἰ δέ κε ἐργάζῃ, τάχα σε ζηλώσει ἀεργὸς
πλουτεῦντα· πλούτῳ δ' ἀρετὴ καὶ κῦδος ὀπηδεῖ·
δαίμονι δ' οἷος ἔῃσθα, τὸ ἐργάζεσθαι ἄμεινον,
εἴ κεν ἀπ' ἀλλοτρίων κτεάνων ἀεσίφρονα θυμὸν 315
ἐς ἔργον τρέψας μελετᾷς βίου, ὥς σε κελεύω·
αἰδὼς δ' οὐκ ἀγαθὴ κεχρημένον ἄνδρα κομίζει·
[αἰδώς, ἥ τ' ἄνδρας μέγα σίνεται ἠδ' ὀνίνησιν·]
αἰδώς τοι πρὸς ἀνολβίῃ, θάρσος δέ πρὸς ὄλβῳ.
Χρήματα δ' οὐχ ἁρπακτά, θεόσδοτα πολλὸν ἀμείνω· 320
εἰ γάρ τις καὶ χερσὶ βίῃ μέγαν ὄλβον ἕληται,
ἢ' ὅ γ' ἀπὸ γλώσσης ληίσσεται, οἷά τε πολλὰ
γίγνεται, εὖτ' ἂν δὴ κέρδος νόον ἐξαπατήσῃ
ἀνθρώπων, αἰδῶ δέ τ' ἀναιδείη κατοπάζῃ,
ῥεῖα δέ μιν μαυροῦσι θεοί, μινύθουσι δὲ οἶκον 325
ἀνέρι τῷ, παῦρον δέ τ' ἐπὶ χρόνον ὄλβος ὀπηδεῖ.
Ἶσον δ' ὅς θ' ἱκέτην ὅς τε ξεῖνον κακὸν ἔρξῃ,
ὅς τε κασιγνήτοιο ἑοῦ ἀνὰ δέμνια βαίνῃ
κρυπταδίης εὐνῆς ἀλόχου, παρακαίρια ῥέζων,
ὅς τέ τευ ἀφραδίῃς ἀλιταίνητ' ὀρφανὰ τέκνα, 330
ὅς τε γονῆα γέροντα κακῷ ἐπὶ γήραος οὐδῷ
νεικείῃ χαλεποῖσι καθαπτόμενος ἐπέεσσι·
τῷ δ' ἦ τοι Ζεὺς αὐτὸς ἀγαίεται ἐς δέ τελευτὴν
ἔργων ἀντ' ἀδίκων χαλεπὴν ἐπέθηκεν ἀμοιβήν.
Ἀλλὰ σὺ τῶν μὲν πάμπαν ἔεργ' ἀεσίφρονα θυμόν· 335
κὰδ δύναμιν δ' ἔρδειν ἱέρ' ἀθανάτοισι θεοῖσιν
ἁγνῶς καὶ καθαρῶς, ἐπὶ δ' ἀγλαὰ μηρία καίειν·
ἄλλοτε δὲ σπονδῇσι θύεσσί τε ἱλάσκεσθαι,
ἠμὲν ὅτ' εὐνάζῃ καὶ ὅτ' ἂν φάος ἱερὸν ἔλθῃ,
ὥς κέ τοι ἵλαον κραδίην καὶ θυμὸν ἔχωσιν, 340
ὄφρ' ἄλλων ὠνῇ κλῆρον, μὴ τὸν τεὸν ἄλλος.
Τὸν φιλέοντ' ἐπὶ δαῖτα καλεῖν, τὸν δ' ἐχθρὸν ἐᾶσαι·
τὸν δὲ μάλιστα καλεῖν ὅς τις σέθεν ἐγγύθι ναίει·
εἰ γάρ τοι καὶ χρῆμ' ἐγχώριον ἄλλο γένηται,

O trabalho, desonra nenhuma, o ócio desonra é!   311
Se trabalhares para ti, logo te invejará o invejoso
porque prosperas; à riqueza glória e mérito acompanham.
Por condição és de tal forma que trabalhar é melhor,
dos bens de outrem desvia teu ânimo leviano e,   315
com trabalho, cuidando do teu sustento, como te exorto.
Vergonha não boa ao homem indigente acompanha.
(Vergonha que ou muito prejudica ou favorece os homens.)
Vergonha é com penúria e audácia é com riqueza.
Bens não se furtam: dons divinos são muito melhores.   320
Pois, se por força, alguém toma nas mãos grande bem
ou se com a língua pode consegui-lo, como não é raro
acontecer, quando o proveito ilude a inteligência
dos homens, ao respeito o desrespeito persegue.
Facilmente os deuses obscurecem e aminguam a casa   325
do homem e por pouco tempo a prosperidade o acompanha.
Igualmente quem a suplicante e estrangeiro faz mal
e quem de seu irmão sobe ao leito às secretas
intimidades de sua esposa, agindo desprezivelmente,
e quem, por insensatez, comete crime contra órfãos,   330
e quem ao velho pai no mau umbral da velhice
ultraja, dirigindo-lhe embrutecidas palavras,
contra este certamente o próprio Zeus se irrita no fim
e difícil reparação impõe a tão injustas obras!
Mas tu, disto afasta inteiramente teu ânimo insensato,   335
se podes, oferece sacrifícios aos deuses imortais
sacra e imaculadamente e queima pernis luzidios;
tornando-os propiciadores com libações e oferendas,
quando adormeces e quando volta a luz sagrada,
para que tenham a ti propícios coração e ânimo,   340
para de outros comprar a herança e não, outros, a tua.
Convida quem te ama para comer e deixa quem te odeia;
sobretudo convida aquele que mora próximo de ti,
pois se alguma coisa estranha acontecer em teu lugar

γείτονες ἄζωστοι ἔκιον, ζώσαντο δὲ πηοί.   345
Πῆμα κακὸς γείτων, ὅσσον τ' ἀγαθὸς μέγ' ὄνειαρ·
ἔμμορέ τοι τιμῆς ὅς τ' ἔμμορε γείτονος ἐσθλοῦ·
οὐδ' ἂν βοῦς ἀπόλοιτ', εἰ μὴ γείτων κακὸς εἴη.
Εὖ μὲν μετρεῖσθαι παρὰ γείτονος, εὖ δ' ἀποδοῦναι,
αὐτῷ τῷ μέτρῳ, καὶ λώιον. αἴ κε δύνηαι   350
ὡς ἂν χρηίζων καὶ ἐς ὕστερον ἄρκιον εὕρῃς.
Μὴ κακὰ κερδαίνειν· κακὰ κέρδεα ἶσ' ἀάτῃσι.
Τὸν φιλέοντα φιλεῖν, καὶ τῷ προσιόντι προσεῖναι·
καὶ δόμεν, ὅς κεν δῷ, καὶ μὴ δόμεν, ὅς κεν μὴ δῷ·
δώτῃ μέν τις ἔδωκεν, ἀδώτῃ δ' οὔ τις ἔδωκεν·   355
δὼς ἀγαθή, ἅρπαξ δὲ κακή, θανάτοιο δότειρα·
ὃς μὲν γάρ κεν ἀνὴρ ἐθέλων, ὅτε καὶ μέγα, δώῃ,
χαίρει τῷ δώρῳ καὶ τέρπεται ὃν κατὰ θυμόν·
ὃς δέ κεν αὐτὸς ἕληται ἀναιδείηφι πιθήσας,
καί τε σμικρὸν ἐόν, τό γ' ἐπάχνωσεν φίλον ἦτορ.   360
Εἰ γάρ κεν καὶ σμικρὸν ἐπὶ σμικρῷ καταθεῖο
καὶ θαμὰ τοῦτ' ἔρδοις, τάχα κεν μέγα καὶ τὸ γένοιτο.
Ὃς δ' ἐπ' ἐόντι φέρει, ὃ δ' ἀλέξεται αἴθονα λιμόν·
οὐδὲ τό γ' ἐν οἴκῳ κατακείμενον ἀνέρα κήδει·
οἴκοι βέλτερον εἶναι, ἐπεὶ βλαβερὸν τὸ θύρηφι·   365
ἐσθλὸν μὲν παρεόντος ἑλέσθαι, πῆμα δὲ θυμῷ
χρηίζειν ἀπεόντος, ἅ σε φράζεσθαι ἄνωγα.
Ἀρχομένου δὲ πίθου καὶ λήγοντος κορέσασθαι,
μεσσόθι φείδεσθαι· δειλὴ δ' ἐν πυθμένι φειδώ.
Μισθὸς δ' ἀνδρὶ φίλῳ εἰρημένος ἄρκιος ἔστω·   370
καί τε κασιγνήτῳ γελάσας ἐπὶ μάρτυρα θέσθαι·
πίστιες ἄρ τοι ὁμῶς καὶ ἀπιστίαι ὤλεσαν ἄνδρας.
Μηδὲ γυνή σε νόον πυγοστόλος ἐξαπατάτω
αἰμύλα κωτίλλουσα, τεὴν διφῶσα καλιήν·
ὃς δὲ γυναικὶ πέποιθε, πέποιθ' ὅ γε φηλήτῃσι.   375
Μουνογενὴς δὲ πάις εἴη πατρώιον οἶκον
φερβέμεν· ὣς γὰρ πλοῦτος ἀέξεται ἐν μεγάροισι·
γηραιὸς δὲ θάνοις ἕτερον παῖδ' ἐγκαταλείπων.

42

os vizinhos sem atar o cinto acorrem, os parentes, não.   345
Flagelo é um mau vizinho, quanto um bom vantagem é.
Tem fortuna quem tem a fortuna de um bom vizinho ter;
nem um só boi morreria se mau não fosse teu vizinho.
Mede bem o que tomas de teu vizinho e devolve bem
na mesma medida, ou mais ainda, se puderes,   350
para que precisando depois o encontres mais generoso.
Não faças maus ganhos, maus ganhos granjeiam desgraça.
Ama a quem te ama e frequenta quem te frequenta;
dá a quem te dá e a quem não te dá, não dês.
Ao que dá se dá e ao que não dá, não se dá.   355
Doar é bom, roubar é mau e doador de morte;
pois o homem que dá de bom grado, mesmo doando muito,
alegra-se com o que tem e em seu ânimo se compraz.
Confiando na impudência, quem para si próprio furta,
mesmo sendo pouco, deste se enrijece o coração,   360
pois se um pouco sobre um pouco puseres
e repetidamente o fizeres logo grande ficará.
Quem acrescenta ao que já tem ardente fome afastará;
o armazenado em casa desassossego ao homem não traz;
melhor é o de casa, o de fora danoso é.   365
Bom é pegar do que se tem; para o ânimo é provação
precisar do que não há; convido-te a nisto pensar!
Farta-te do jarro quando o inicias e quando o acabas,
poupa o meio: parcimônia inútil poupar o fundo.
Esteja seguro o pagamento acordado a um amigo.   370
Mesmo ao irmão, sorrindo, impõe uma testemunha:
confiança e desconfiança os homens aniquilam por igual.
Nem mulher de insinuadas ancas te engane a mente
palreando provocante com o olho em teu celeiro;
quem em mulher confia em ladrões está confiando.   375
Unigênito seja o filho para os bens paternos
aumentar; assim a fortuna se amplia nas casas;
e que morras velho, deixando um filho para te suceder.

Ῥεῖα δέ κεν πλεόνεσσι πόροι Ζεὺς ἄσπετον ὄλβον·
πλείων μὲν πλεόνων μελέτη, μείζων δ' ἐπιθήκη· 380
Σοὶ δ' εἰ πλούτου θυμὸς ἐέλδεται ἐν φρεσὶ ᾗσιν,
ὧδ' ἔρδειν, καὶ ἔργον ἐπ' ἔργῳ ἐργάζεσθαι.

Facilmente imensa fortuna forneceria Zeus a muitos:
quanto maior for o cuidado de muitos, maior o ganho.   380
Se nas entranhas riqueza desejar teu ânimo,
assim faze: trabalho sobre trabalho trabalha.

OS MITOS
comentários

Mary de Camargo Neves Lafer

1. As duas Lutas

O mito de Prometeu e Pandora é, sem dúvida, o relato central dos *Erga* no que diz respeito à interpretação que proponho, isto é, a de que o poema quer estabelecer os fundamentos da condição humana. Entretanto, outros dois mitos relevantes são aqui apresentados, o das "duas Lutas" e o das "cinco raças".

Após o proêmio (vv. 1-10), que constitui um breve hino em louvor a Zeus, no qual as Musas, suas filhas com Mnemosyne (Memória), cantam através da voz do poeta, celebrando o grande poder exercido com justiça pelo Pai dos deuses e dos homens, anuncia-se que o poeta falará *etétyma* (verdades, por oposição à ficção) a seu irmão Perses; três narrativas míticas se seguem: "As duas Lutas" (*Érides*), "Prometeu e Pandora" e "As cinco raças".

Na *Teogonia* (vv. 225-32) Éris aparece na extensa lista dos filhos da Noite, caracterizada como de "ânimo cruel" e "hedionda";[1] como conta o poema, pariu Fadiga, Olvido, Fome, Batalhas, Combates, Massacres, Homicídios, Litígios, Mentiras, Falas, Disputas, Desordem, Derrota e Juramento, que muito arruína os homens que perjuram.

---

[1] Todas as citações da *Teogonia* são feitas a partir da tradução de Jaa Torrano São Paulo: Massao Ohno/Roswitha Kempf, 1981).

O que Hesíodo faz aqui é apenas uma narrativa e, apesar das referências míticas implícitas, ele certamente não está querendo fazer cosmogonia, como nos versos da *Teogonia*.

Nos *Erga* não encontramos mais uma única Luta, agora "sobre a terra duas são". Uma, cuja identidade é a mesma da que aparece na *Teogonia*, e outra, sua irmã mais velha, que é boa aos homens mortais, incitando-os à emulação positiva e construtiva. Esta Luta desperta o indolente e induz o ocioso a trabalhar quando confere os benefícios de que o homem trabalhador pode usufruir. Chantrâine, no seu *Dicionário etimológico da língua grega*, observa que a palavra *éris* em Homero aparece em exemplos que sugerem o sentido original de "ardor no combate"; assim, temos *éris* ligada a *Dzélos* (ardor, emulação, rivalidade), e *éris* ligada a *neíkos* (discórdia, luta, combate).

A palavra *éris*, segundo A. Bailly, significa "querela à mão armada", "luta", "combate", "discórdia", "disputa", "contestação" etc. Escolhemos a palavra luta por comportar muito bem em português suas conotações positiva e negativa, guardando o sentido genérico de disputa. Vale observar que essa distinção que Hesíodo faz entre a *éris* boa e a *éris* má é bastante clara no momento em que ele as caracteriza, mas, posteriormente, essas diferenças se misturam à medida que temos prioritariamente a conotação positiva da ideia de "luta", "disputa", que, convém notar, pertence ao mesmo espaço semântico de *agón* (disputa) e de *pólemos* (guerra, disputa, combate). Heráclito pouco depois de Hesíodo já afirma: "O combate (*pólemos*) é de todas as coisas pai, de todas rei, e a uns ele revelou deuses, a outros, homens; de uns fez escravos, de outros, livres".[2]

Parece-me adequado e mesmo esclarecedor aproximar também a noção de *éris* à de *agón* (disputa, conflito), por fazerem igualmente parte do mesmo universo semântico, como lembram as reflexões de Nietzsche a propósito do *agón* homérico.[3] Discorrendo

---

[2] Heráclito de Éfeso, frag. 53 DK. In: *Os pré-socráticos*. José Cavalcante de Souza (Trad.). São Paulo: Abril, 1972, p. 90.

[3] Apud Gérard Lebrun, "A dialética pacificadora", *Almanaque*, São Paulo, Brasiliense, n. 3, p. 33, 1977.

sobre o sentido originário do ostracismo na Grécia, o pensador alemão nos adverte sobre o fato de que, nesse contexto histórico, o *agón* é tido como um dos princípios vitais para o Estado grego, e sua existência se vê ameaçada quando um elemento da sociedade é considerado "o melhor". Se alguém é qualificado de "o melhor", cessa, evidentemente, o *agón* no setor em que ele tem a excelência, pois os outros lhe são necessariamente inferiores. São suas estas palavras: "O sentido originário desta estranha instituição (*o ostracismo*), porém, não é de uma válvula mas de um estimulante: é posto de lado o indivíduo que se destaca, para que desperte outra vez o jogo agonal das forças: um pensamento que é hostil à 'exclusividade' do gênio no sentido moderno, mas pressupõe que, em uma ordem natural das coisas, haja sempre vários gênios, que se incitam mutuamente a agir, como também se mantêm mutuamente no limite da medida. Este é o núcleo da representação helênica do *agón*: ela execra a supremacia de um só e teme seus perigos; ela deseja, como meio de proteção contra o gênio, um segundo gênio".[4]

Na reflexão que Hesíodo faz sobre as duas Lutas já aparece claramente delineada uma das características fundamentais da cultura grega, ou seja, a do cultivo do espírito agônico como forma exemplar de se atingir a sabedoria no plano artístico e no político.

Diante da iminência de um novo processo entre os dois irmãos devido à voracidade de Perses, o poeta passa, de maneira extremamente habilidosa, a fazer a aproximação da *éris* boa, entendida como emulação ao trabalho, que a partir desse ponto aparece sempre associada à *éris* má. Ante a resistência do irmão, ele discorre sobre a necessidade humana do trabalho, e é sem dúvida nesse relato cheio de indignação quanto de esperança que se inicia o grande elogio do trabalho que permeará todo o poema. Assim, vemos a alegoria das Lutas como o primeiro passo em direção à defesa da vida justa e da vida de trabalho entre os homens.

---

[4] NIETZCHE, Friedrich. "La joute chez Homère". In: *La philosophie à l'époque tragique des grecs*. Giorgio Colli e Mazzino Montinari (Orgs.). Paris: Gallimard, 1990, p. 196.

Para Hesíodo, o trabalho é a base da justiça entre os homens, sem um não há outra; nos vv. 199-201 o poeta diz: "à tribo dos imortais irão deixar, abandonando os homens,/ Aidós e Nêmesis; e tristes pesares vão deixar/ aos homens mortais. Contra o mal força não haverá".[5] Assim como Aidós e Nêmesis, a virgem Justiça, filha de Zeus, ofendida, sobe ao Olimpo junto ao pai; se não há respeito pela necessidade do trabalho, não há tampouco pela Justiça. Para o poeta certamente não há saída fora desse caminho. Nesse sentido Hesíodo se distancia, ainda uma vez, tanto do mundo homérico quanto do período clássico da cultura grega. Para ele a defesa e a reiteração da necessidade do trabalho se fazem por motivos ligados à sobrevivência material, enquanto em Homero tanto os deuses (exceto Hefesto) quanto os heróis aparecem ocupados com inúmeras atividades, mas completamente poupados da fatalidade do trabalho;[6] por outro lado, no período clássico, vemos até mesmo a apologia do ócio (*scholé*)[7] como condição necessária para se atingir a felicidade, através da busca da verdade. Ainda sob esse aspecto Hesíodo se encontra isolado na tradição.

O relato termina com uma belíssima formulação poética, com uma imagem forte, um oximoro — o provérbio do v. 40: "[...] não sabem quanto a metade vale mais que o todo". Esse provérbio é justamente um dos mais famosos e recorrentes da Antiguidade (aparece em Platão, em Diógenes Laércio, em Ovídio e em outros)[8] e encerra um preceito moral que defende o uso do meio justo e honrado para se prosperar, por valer muito mais que bens maiores porém mal adquiridos. O preceito que afirma que é preciso guardar a "medida" aproxima-se do "Nada em Excesso" inscrito no templo de Delfos. Aparece, assim, nesse breve relato, a defesa de uma máxima que expressa uma das tendências fundamentais da ética grega ao longo de sua rica história.

[5] A tradução aproximada dessas duas noções é Pudor e Justiça distributiva.
[6] BATTAGLIA, Felice. *Filosofia do trabalho*. São Paulo: Saraiva, 1958, p. 29.
[7] A palavra *scholé*, em latim *schola*, chega como "escola" no português.
[8] Esses autores antigos são citados na "Introdução" à tradução mexicana dos *Erga*, feita por Paola Vianello de Córdova (*Los trabajos y los dias*. México, D.F.: Universidad Nacional Autónoma de México, 1979).

De maneira curiosa esses versos aparentemente despretensiosos sobre as duas Érides introduzem as questões centrais do poema que vêm depois a ser tratadas mais longamente no mito de Prometeu e Pandora e no mito das cinco raças; o trabalho, a Justiça, a boa Luta, a medida e a desmedida. A Luta boa supõe medida para que não se torne destrutiva, se vier a cessar o *agón* e se distinguir o melhor em detrimento dos perdedores; o exercício da Justiça supõe a medida e também a "disputa", o *agón*, a *éris* boa; o trabalho, por sua vez, ao exigir disciplina, requer igualmente medida; dessa forma, as três noções aparecem interligadas pela necessidade da medida, e qualquer desrespeito a elas leva inevitavelmente à nefasta *hýbris*, a desmedida, o excesso, conforme o mito das cinco raças.

2. PROMETEU E PANDORA

Provocando a inteligência dos estudiosos e seduzindo o imaginário dos artistas, o mito de Prometeu e Pandora é um dos mais assíduos no rico acervo da cultura ocidental; ao lado de Édipo, Aquiles e Odisseu, esses dois personagens aparecem — juntos ou separados — reincidentemente na literatura e nas artes plásticas,[9] ao longo dos muitos séculos que nos separam deste primeiro relato nos *Erga*. O fato é que quem se dedica a compreender o que os gregos entendiam do ser humano acaba sempre por se socorrer dessa fonte.

Isso que Hesíodo apresenta como uma única estória em seus dois famosos poemas é, de fato, uma versão própria e inovadora,[10] resultante da combinação de dois mitos muito antigos que vêm de matrizes distintas. Na Antiguidade helênica o mito de Prometeu foi tratado em quatro obras notáveis: *Protágoras*, de Platão; *Prometeu*, de Esquilo; e *Teogonia* e *Erga*, de Hesíodo. Como observa

[9] PANOFSKY, Dora e Erwin. *Pandora's Box*, 4. ed. Princeton: Princeton University Press, 1978.
[10] WEST, M. L. "Commentary". In: Hesiod. *Works and Days*. Oxford: Claridon Press 1978, p. 155.

Jaa Torrano,[11] a ideia de "partilha" está presente em todas elas; no filósofo vemos o verbo *némeio* (distribuir); na tragédia de Ésquilo a palavra que a designa é *moira* (parte, partilha, destino); e nos poemas hesiódicos é *dasmós* (partilha). Esta noção, tanto na *Teogonia* quanto nos *Erga*, liga-se estreitamente à necessidade de ordem, organização e harmonia, seja na esfera divina, como no primeiro poema, seja na esfera humana, como no segundo.

As duas versões

Em *Os trabalhos e os dias* e na *Teogonia*, a mesma estória é apresentada de maneiras matizadas, que enfatizam personagens ou pontos do enredo de formas diversas. Assim, na *Teogonia*, o mito se apresenta, esquematicamente, do seguinte modo:[12] os protagonistas são Prometeu, caracterizado por sua astúcia e sua arte fraudulenta, e Zeus, cuja sabedoria se manifesta pela astúcia superior e pela inteligência soberana. Aparecem ainda Atena e Hefestos para confeccionar a primeira mulher, o "belo mal" (v. 585), que Zeus oferece a Epimeteu, irmão e reverso de Prometeu.[13] O conflito entre a inteligência do Cronida e a astúcia do titã se dá na frente dos deuses e dos homens, quando eles ainda conviviam harmonicamente, e dele resulta a repartição dos lotes e das atribuições que caberão a cada um. O duelo entre os dois se desenvolve de acordo com os seguintes movimentos: Prometeu oferece um presente fraudulento a Zeus (ossos cobertos com gordura), Zeus aceita a oferenda e, irritado, não concede mais o fogo celeste aos mortais; Prometeu, então, rouba-o e o entrega aos homens; Zeus, em resposta, dá aos homens uma mulher. Assim se dá a separação

---

[11] TORRANO, Jaa. "Prometeu e a origem dos mortais'". In: *Prometeu prisioneiro*. São Paulo: Roswitha Kempf, 1985.

[12] VERNANT, J. P.; DETIENNE, Marcel. "À la table des hommes". In: *La cuisine du sacrifice en pays grec*. Paris: Gallimard, 1979.

[13] O nome "Epimeteu" significa aquele que compreende os fatos depois de terem eles acontecido, ao contrário de seu irmão, cujo nome indica que tem deles uma espécie de presciência.

entre deuses e homens. O episódio se passa em Mekona, local mítico onde teria havido a repartição das honras e dos lotes próprios a cada um dos deuses, segundo a tradição, e desse modo o evento prometeico é um elemento a mais que integra esse contexto de partilhas. Mekona é um nome que se liga à fertilidade da terra, lembrando a Idade do Ouro, e está localizada na região de Titané, que por sua vez se liga à estória dos titãs. Nesta versão do mito vemos a instauração do sacrifício como forma de relacionamento eficaz entre os homens e os deuses, já que não mais compartilham a mesma linguagem.

Já, por outro lado, nos *Erga*, a presença de Pandora é muito mais enfática, ela não aparece apenas como a primeira mulher, mas vem nomeada e é um dos protagonistas do episódio. Neste poema vemos que no complexo jogo de troca de presentes, dissimulações e armadilhas havido entre a *métis*[14] de Prometeu e a *métis* soberana de Zeus, o envio de Pandora (dom do Cronida a Prometeu e aos homens) significa uma mudança de estratégia por parte de Zeus, que, contrariamente ao que até então acontecia, em vez de *tirar* algo, *acrescenta*.[15] Com isso ele dá o golpe de mestre, pondo um ponto-final nesse duelo ardiloso, e Prometeu, que até esse ponto se colocava quase na posição de um rival de Zeus, agora se encontra sitiado e sem possibilidade de réplica. O jogo terminou. É com Pandora que se instaura definitivamente a condição humana, que já se esboçava com o primeiro sacrifício no episódio da separação. Até aqui os humanos eram autóctones; com a primeira mulher surge a sexualidade, e é com a primeira fêmea, da raça dos mortais, que um novo ciclo se inicia e os *ánthropoi* (seres humanos) passam a ser *ándres* (homens) e *gynaikes* (mulheres). Pandora traz consigo um jarro (*píthos*) e, dentro dele, inúmeros males e a *Elpís* (Expectação).

---

[14] *Métis* pode ser traduzida por astúcia, inteligência ardilosa, maquinação do intelecto etc.; personificada, ela está na linhagem de Uranos (o Céu) (*Teogonia*, vv. 337 a 403) e é uma das esposas de Zeus. Sobre essa entidade, cf. DETIENNE e VERNANT. *Les ruses de l'intelligence: la métis des grecs* (Paris: Flamrnarion, 1974).

[15] Desse ponto de vista pode-se resumir esse jogo assim: Prometeu *tira* de Zeus a parte que lhe deveria ser oferecida; Zeus *tira* dos homens o fogo; Prometeu *rouba* o fogo do Cronida; em lugar do fogo, Zeus *dá* a primeira mulher.

A primeira mulher aparece nesta versão com atributos e recursos dos deuses que a confeccionam: Hefestos, Atena, Afrodite (e seu séquito) e Hermes.

Fica evidente ao leitor que as duas versões não se opõem, ao contrário, completam-se, formando um texto imaginário que nos coloca curiosas questões.

O sacrifício, o sexo, o dom, o trabalho

O primeiro resultado do confronto entre o Cronida e o titã é a repartição ritual dos pedaços do animal imolado que se destinam aos deuses (os ossos e a gordura queimados pelo fogo) e aos homens (as partes que alimentam). Prometeu é o fundador do primeiro sacrifício, mais especificamente, é ele quem reparte e distribui os pedaços da vítima sacrificial e não quem a imola.[16] É ele quem separa as partes e, consequentemente, os homens dos deuses, porque passam a se alimentar de coisas diversas e não mais se entendem com a mesma linguagem. Nesse universo organizado, os mortais têm um estatuto diferente dos imortais, e é nesse momento sacrificial que isso se fixa. A dimensão alimentar do sacrifício prometeico aparece na *Teogonia* pela carne do boi e nos *Trabalhos* pelos produtos da terra cultivada, pelo trigo de Deméter;[17] a cultura cerealista, pode-se afirmar, é o reverso do sacrifício animal. Os homens que comem pão são mortais e os deuses que comem ambrosia são imortais.

Ainda com J.-P. Vernant, concluo que o mito sacrificial de Prometeu vem para justificar uma forma religiosa em que o homem se encontra entre os animais e os deuses, não se identificando nem com uns nem com outros. Porém, mais tarde, com o aparecimento de Pandora, veremos que ele, de fato, vai participar da natureza dos dois sem, entretanto, com eles se identificar.

[16] Cf. VERNANT, J.-P. "À la table des hommes". In: *La cuisine du sacrifice en pays grec*. Paris: Gallimard, 1979.
[17] Ibid., p. 59.

A separação entre mortais e imortais acontece com o primeiro sacrifício e se efetiva com a primeira mulher. Sacrifício e Pandora separam e unem a uma só vez. O primeiro separa imortais de mortais, apontando seus espaços próprios e a necessidade do rito sacrificial para se comunicarem, para se unirem. A primeira mulher, pelo sexo,[18] separa homens e mulheres, e é por ele mesmo que eles podem se unir.

Antes da primeira mulher, os humanos brotavam e viviam "a recato dos males" (*Erga*, v. 91), "longe de penas e misérias" (*Erga*, vv. 106 ss.) e morriam como que "por sono tomados" (*Erga*, v. 116); com ela surgem a sexualidade e a necessidade da reprodução sexuada para garantir a perpetuação da espécie e todas as novas especificidades do modo de ser humano. Pandora é ligada à ideia do alimento que vem da terra e à instituição do casamento; ela é agora uma *gyné gameté*, uma mulher-esposa com quem deve se ligar o homem; da mesma forma que ele deve colocar a semente na terra, deve igualmente colocar a semente dentro dela para procriar. Essas fronteiras do que é propriamente humano se juntam a outros limites, como a necessidade do trabalho para sobreviver. Temos, então, três elementos que separam os imortais dos mortais: sacrifício, agricultura-alimento, sexualidade-casamento.

Outro ponto que chama a minha atenção é o fato de Pandora ser um presente divino a Prometeu e aos homens. Pietro Pucci faz interessantes considerações sobre o "dom";[19] diz ele que esta narrativa nos coloca diante do tema mítico que liga a instituição da condição humana ao dom; tema que liga a origem da precariedade humana à doação divina. Contrastando com os presentes humanos, que são desejáveis, preciosos, mas geralmente dispensáveis, os dons divinos têm um caráter que acomoda a vontade dos deuses à necessidade das coisas tal como elas devem ser. Os presentes divinos não podem ser recusados e constituem sempre uma adição e não uma substituição; assim, nesse caso, Pandora

---

[18] O termo "sexo" vem do verbo latino seco que significa "cortar", "separar".

[19] PUCI, Pietro. *Hesiod and the Language of Poetry*. Baltimore: Johns Hopkins University Press, 1977.

vem em adição a uma situação paradisíaca que ela extingue, mas não substitui. Essa adição, evidentemente, em vez de substituir situações, torna-as mais complexas.

Com o roubo do fogo divino, Prometeu oferece aos homens o fogo "técnico"; passa-se, assim, do fogo "natural" ao fogo "cultural". Pandora também está do lado da cultura; ela é produzida, feita, e não aparece como os *ánthropoi* (seres humanos), que, antes, apenas surgiam da terra.

Por ter escondido o que é vital (o *Bíon*) (*Erga*, v. 42) para os homens, Zeus provoca uma série de eventos que acabam com o surgimento da primeira mulher. Até então os humanos não precisavam trabalhar para viver, apenas conviviam com os imortais. Com esse dom ambíguo dado pelo Cronida, aparece também a necessidade do trabalho.

Os vocábulos provenientes da raiz **Erg-*, foram traduzidos por "trabalho" e seus derivados em minha tradução. Há alguma discussão entre os estudiosos sobre o fato de *érgon* ser aplicado aqui somente como trabalho agrícola, porém, se observarmos o resto do poema, veremos que ele carrega o sentido mais amplo de "trabalho".[20] Observemos, ainda, que a oposição de *érgon* com *pónos* é clara neste poema, o primeiro significando "trabalho" e o segundo significando "trabalho árduo", "fadiga", embora algumas vezes um se aproprie do sentido do outro.

Hannah Arendt, em *The Human Condition*,[21] busca mostrar que existem diferenças entre *Labor* (labor) e *Work* (trabalho). O labor é uma atividade do *animal laborans* governada pelas necessidades de subsistência do ciclo biológico da vida. O trabalho, que não está necessariamente contido no ciclo vital da espécie, é uma atividade do *homo faber*, por meio da qual coisas extraídas da natureza se convertem em objeto de uso. Para sua

---

[20] VERNANT, Jean-Pierre. "Trabalho e natureza na Grécia Antiga". In: *Mito e pensamento entre os gregos*. São Paulo: Edusp, 1973.

[21] ARENDT, Hannah. *The Humam Condition*. Chicago/Londres: The University of Chicago Press, 1958, pp. 79-83. (Ed. bras.: *A condição humana*. Roberto Raposo [Trad.]. São Paulo: Forense Universitária/Salamandra/Edusp, 1981.)

argumentação, a autora nos oferece diversos exemplos em línguas antigas e modernas que fazem essa distinção. A linguagem para Hannah, na sua historicidade, constitui o repertório da experiência humana, e é interessante, por isso mesmo, registrar que ela rastreia na Grécia a distinção entre *Labor* e *Work* justamente a partir de Hesíodo nos *Erga*, contrapondo *pónos* e *érgon*. Cabe lembrar aqui que *pónos* aparece como um dos males que saem de dentro do jarro.

É com este mito que Hesíodo justifica a necessidade do trabalho como uma das contingências humanas, surgida devido à resposta dada pelo Cronida ao titã, por ter sido por ele enganado. Tendo escondido o fogo (*pyr*), o homem, desfalcado, precisa trabalhar para subsistir.

Embora positivo em si, nesse contexto (vv. 43-44) *érgon* aparece com uma conotação negativa, pelo simples fato de que em um tempo anterior e harmônico ele inexistia; ao longo do poema, entretanto, Hesíodo fala sobre o seu porquê e sobre a sua ligação com a Justiça. Além disso, *érgon* aparece no início (v. 20) associado à boa Luta (*éris*), a que estimula a competição construtiva.

Os personagens

Em *Os trabalhos e os dias* os protagonistas desse mito são Zeus, Prometeu e Pandora; seus coadjuvantes, Epimeteu, Hefestos, Atena, Afrodite e Hermes.

No verso 48 temos a colocação, já personalizada, dos protagonistas do desequilíbrio instaurado com o roubo do fogo: Zeus e Prometeu; sendo que o titã surge com sua característica fundamental presente em seu nome — o de *métis* (inteligência astuciosa) previdente e, reiterado em seu epíteto (*ankylométis*), o de *métis* retorcida. Zeus surge sem epítetos, em toda força de seu incontestável poder soberano; cabe lembrar aqui que Métis, a primeira esposa de Zeus, foi por ele engolida, o que significa que ele tem a *métis* dentro de si.[22]

Zeus é o pai dos homens e dos deuses, e é o soberano. Toda a *Teogonia* nos conta "como" ele chegou a esse lugar entre os deuses e "por que" ele lá está.

Prometeu é *ankylométis*, habilidoso na arte de tramar. Ele tem a *métis* retorcida, o que faz dele especialmente habilidoso, e com isso desafia Zeus. Esse epíteto é atribuído a Cronos, titã como Prometeu, tanto em Hesíodo (*Teogonia*, v. 137) quanto em Homero.[23]

A respeito dos epítetos, lembramos aqui Paula Phillipson,[24] que afirma que, na experiência grega registrada por Hesíodo, há três elementos esclarecedores na compreensão do significado de uma divindade: o seu nome, os seus epítetos e o lugar que ocupa em sua linhagem genealógica.

O mito de Prometeu é o mito da criação do homem; o criador Prometeu é um titã; isso faz dele alguém que carrega uma série de peculiaridades que o distinguem dos homens e também dos deuses, embora sendo um imortal. Os titãs[25] nascem da terra e do fogo do sol, sem a necessidade de união entre macho e fêmea; dada sua natureza seca e ígnea, eles estão sempre distantes da deterioração, do envelhecimento e da morte; esta versão sobre a origem dos

---

[22] Cf. Christine Leclerc, em "Mythe hésiodique, entre les mots et les choses" (*Revue de l'Histoire des Religions*, v. 194, n. 1, pp. 3-22, 1978), a raiz *med- que se aparenta ao substantivo *métis* ou *Métis* é componente dos epítetos de Zeus *métioeis* e *metíeta*; a ensaísta comenta que essa raiz está também na palavra *médea* (cf. Emile Benveniste. *Le vocabulaire des institutions indo-européennes*, t. II: *Pouvoir, droit, religion*. Paris: Minuit, 1969, p. 129) com o sentido de preocupações, inquietações, mais especificamente como inquietação do espírito, como acontece com a inteligência; entretanto, na *Teogonia*, vv. 180-188, *médea* designa as partes sexuais de Urano, que, após terem sido mutiladas, dão origem a Afrodite. O verbo *emésato*, v. 49, está igualmente conotado pela ideia de astúcia. Dessa maneira, nos colocamos diante de uma interessante questão: a ambiguidade da palavra *médea*, que se relaciona ao mesmo tempo com o sexo e com o projeto astucioso, aponta para o fato de essa relação entre palavras nos levar à hipótese de que aí há um jogo de sentido implícito, uma vez que o sexo também supõe uma espécie de inquietação do corpo e do espírito diante do objeto do desejo.

[23] OTTO, Walter. *Les dieux de la Grèce*. Paris: Payot, 1981, p. 51.

[24] PHILLIPSON, Paula. *Origini e forme del mito greco*. Milão: Einaudi, 1966.

[25] VERNANT, Jean-Pierre. "À la table des hommes", pp. 75-6.

titãs vem de tradições bem antigas, e já na *Teogonia* (vv. 130-134 e 207-210) eles são apresentados como filhos do Céu e da Terra.

Walter Otto observa que a palavra titã teria significado "rei", da mesma forma que *deus* para os latinos e *theós* para os gregos designava não uma categoria particular de deuses, mas os grandes deuses, os deuses propriamente ditos.[26] Os titãs são ainda frequentemente caracterizados como deuses priápicos. Essas figuras *"ithyphálicas"* (de pênis permanentemente ereto) tinham, como é óbvio, sua virilidade particularmente acentuada, fato curioso de se observar, já que a primeira mulher surge por causa de um titã, Prometeu, e que seu aparecimento transforma todos os homens de *ánthropoi* em *ándres*.

Se tomarmos a questão dos titãs sob uma ótica psicanalítica, como a de Paul Diel,[27] observamos que tanto Zeus quanto Prometeu têm o estatuto de "criadores", sendo Zeus o criador pelo espírito, e o titã criador pelo intelecto. Ele observa que Prometeu representa o princípio da intelectualização, que aparece já inscrito em seu nome: o de pensamento previdente. Ainda no campo psicanalítico, Gaston Bachelard[28] faz curiosos comentários; diz ele que se pode falar em um "complexo de Prometeu", que seria caracterizado por "todas as tendências que nos levam a querer saber tanto quanto os nossos pais, ou mais do que eles e do que os nossos mestres". Essas são, obviamente, algumas das inúmeras leituras que se podem fazer dos mitos e que achei curioso indicar.

Quanto aos epítetos, faremos ainda algumas observações; o fogo é atributo de Zeus, e, para obtê-lo, o titã usa de um artifício. Roubando-o, ele o coloca no oco de uma férula, pois aí o fogo se preserva devido à natureza combustível dessa planta, e é por meio desse expediente que a humanidade passa a ter o fogo à sua disposição, não dependendo mais do raio de Zeus. Nesse exato momento do poema, o epíteto dado ao Cronida é *terpikéraynon* (o

---

[26] OTTO, Walter. *Les dieux de la Grèce*, pp. 53 ss.
[27] DIEL, Paul. "Prométée". In: *Symbolisme dans la mythologie grecque*. Paris: A. Michel, 1940.
[28] BACHELARD, Gaston. *A psicanálise do fogo*. Lisboa: Estúdios Cor, 1972, p. 29.

que se compraz com o raio), significativamente aí colocado, pois é o fogo do raio que acaba de lhe ser roubado.

Qualificado em seguida como aquele que "agrega nuvens" (*nephelegeréta*), Zeus dirige-se a Prometeu em discurso direto, recurso que, no interior do texto, provoca efeito altamente dramático e eficaz no que diz respeito à atenção do ouvinte. Zeus interpela o filho de Jápeto chamando-o de "sobre todos hábil em tramas", referência elogiosa e irônica ao mesmo tempo, pois diante dos homens ele é realmente o mais hábil, mas é irônico porque diante da divindade isso não acontece. A interpelação é muito adequada para o que vem a seguir, pois a habilidade maior é de Zeus, que a ele e aos homens vindouros dará um mal com o qual eles se alegrarão. No v. 56, Zeus inicia a explicação de sua última cartada, que atingirá Prometeu e toda a humanidade. Se Prometeu ousou roubar o fogo do Cronida, justamente o golpe que ele recebe é o *antí-pyros* (literalmente, é o fogo contrário, isto é, a contrapartida do fogo), que tem, portanto, estatuto semelhante ao fogo e ao mesmo tempo opondo-se a ele, vindo em seu lugar e tendo o mesmo nível de importância dele. Esse mal, contrapartida-do-fogo, aparece para resgatar o fogo roubado de Zeus; é a demonstração de sua cólera; é o presente que é um mal, mas receberá muito carinho dos que por ele serão lesados. Ele vem em lugar do fogo natural; ele inicia o processo de passagem da natureza para a cultura. Pandora já aqui é marcada pela ambiguidade, é um *kalón kakón* ("belo mal"), que vem em lugar do fogo, também ambíguo, pois é ao mesmo tempo um bem e a causa da desgraça para os homens. O "belo mal" é ambíguo pois seduz, atrai afetos e traz todos os males para a humanidade. Talvez o maior mal trazido por Pandora seja o surgimento de sua própria ambiguidade, e, com a presença da ambiguidade, a possibilidade da escolha, ou melhor dizendo, a necessidade da escolha.

Zeus se compraz com seu lance fatal e gargalha, antegozando o que acontecerá à humanidade diante de seu presente sem volta.

Imediatamente o Cronida convoca os deuses que construirão o mal anunciado: Hefestos, Atena, Afrodite e Hermes, cada qual colaborando com atributos que também lhes são próprios.

O primeiro a ser chamado é Hefestos, que vem acompanhado pelo seu epíteto *periklytón* (renomado ao redor, incuto), o que o coloca em destaque enquanto glorioso e reconhecido pelos demais, conforme o desejo de sua mãe Hera (cf. Hino homérico a Apolo, 309). Hefestos e Prometeu estão próximos por ligarem-se ao fogo e à sua aplicação na metalurgia e na cerâmica. Em Homero, algumas vezes o nome desse deus aparece em lugar da chama do fogo, a tal ponto ambos se identificam.[29] Kerényi mostra que esse deus tem seu nome ligado a Kedálion,[30] que foi seu tutor e lhe ensinou o ofício de ferreiro, e é também vinculado aos grandes vulcões, além de ter como companheiros os *karkínoi* (caranguejos), que, como ele, se locomovem de maneira estranha.

Apesar de coxo (uma desfiguração espantosa para um deus), desposou Afrodite, a deusa do Amor, estreitamente vinculada à beleza.[31] Filho bastardo, fruto de uma atitude competitiva de Hera em relação a seu marido Zeus (*Teogonia*, v. 928), é ele o mais bem-dotado artesão dentre todos os descendentes de Urano. Tendo em consideração seus atributos, nada mais apropriado do que sua convocação para moldar o novo ser.

Nessa mistura de terra e água, o primeiro elemento posto, v. 61, é a *audén* (linguagem humana em potência), configurando esse ato a instituição de uma nova forma de comunicação que até então inexistia, já que era desnecessária. Trata-se da linguagem dos *ándres*, e não mais dos *ánthropoi*, até então suficiente e eficaz no entendimento com os deuses. Em seguida, a força, o vigor físico

---

[29] OTTO, Walter, *Les dieux de la Grèce*, pp. 126 ss.

[30] KERÉNYI, C. *The Gods of the Greeks*. Londres: Thames & Hudson, 1976, pp. 153 ss.

[31] Na *Teogonia*, vv. 195-210, lemos o seguinte: "... A ela, Afrodite/ deusa nascida de espuma e bem coroada Citereia/ apelidam homens e deuses, porque da espuma/ criou-se e Citereia porque tocou cítera,/ Cípria porque nasceu na undosa Chipre/ e Amor-do-pênis porque saiu do pênis à luz./ Eros acompanhou-a, Desejo seguiu-a belo/ tão logo nasceu e foi para a grei dos deuses./ Essa honra tem dês o começo e na partilha/ coube-lhe entre os homens e deuses imortais/ as conversas de moças, os sorrisos, os enganos/ o doce gozo, o amor e a meiguice".

do homem.[32] São esses os primeiros atributos da massa informe: a linguagem e a força humanas. Depois começa a se configurar sua aparência: deve assemelhar-se de rosto às deusas imortais e de corpo a uma bela forma de virgem. Aqui se inicia o processo de imitação. A mulher é um paradoxo, pois consiste numa imitação do que já existe; ela não é totalmente nova, entretanto, é a primeira de sua espécie. Ela está do lado da *techné* (produto das artes), enquanto o homem está do lado da *phýsis* (v. 108). A maneira como ela é feita lembra o moldar de um vaso, e ela é praticamente descrita como um vaso adornado onde os deuses depositam seus atributos; o jarro que carrega é uma metáfora dela mesma; jarro, aliás, que surge nesse contexto sem nenhuma explicação, a não ser que o entendamos no contexto agrícola em que ela está, onde esse vaso (*píthos*) aparece sempre dentro de casa, armazenando o grão colhido que servirá de alimento. De qualquer modo, essa forma nova de nascimento também introduz uma distinção entre o que já existe originariamente — deuses e homens — e o que vem depois, mas que não é mais original, e sim cópia. Pandora surge quando desaparece o "paraíso" original e tenta, sob o aspecto de beleza sedutora, imitar essa felicidade agora ausente. Como não são ditos os nomes das deusas com as quais ela se assemelha, ela vem como cópia de uma imagem de uma possível deusa padronizada[33] e imita o humano, na voz e na força, como já disse.

No v. 64, Atena é convocada para ensinar-lhe os trabalhos e o complexo ofício de tecer; Pandora é produto das habilidades dos deuses e também os imita à medida que aprende suas artes.

À Afrodite cabe a tarefa de rodeá-la de Graça, de penoso desejo e de preocupações devoradoras de membros; curiosamente são esses os atributos da deusa que sobressaem aos demais. Aqui se localiza a origem da oposição "eu" e "outro" para a raça humana;[34]

---

[32] Pucci, Pietro em *Hesiod and the Language of Poetry* (p. 119, n. 21), nos indica que essa palavra significa, mais amplamente, "força vital", e, além de "força física", pode indicar também a "força do poder".

[33] Ibid., pp. 86 ss.

[34] Ibid., p. 93.

a evocação do penoso desejo, o território comum que separa e une o "eu" e o "outro" sugerido (vv. 73-75) pela imagem de Pandora paramentada como uma noiva, indicando, assim, que penoso desejo e casamento se intercambiam. E, nesse mito que a questão do "outro", do "diferente", se localiza na obra hesiódica, e é na figura da primeira mulher que o poeta situa a origem dos males humanos. O "diferente" não é o mal, mas quem traz os males. Talvez este seja um elemento de espectro extremamente amplo na cultura ocidental: o "diferente" como a origem do mal. Pandora não é um mal em si, ou melhor, não é só um mal, mas é de onde surgem todos os males para os homens. Lembremos, entretanto, que como pano de fundo para esse mito está a diferença realmente radical, aquela que é dada pela Morte: uns são mortais, outros, imortais; uns são deuses, outros, homens.

Gostaria aqui, de traçar um possível paralelo entre Atena e Afrodite (já que uma se opõe à outra em quase toda a tradição grega, a começar pela epopeia homérica, onde se defrontam através dos heróis de suas predileções), levando em consideração o fato de que neste contexto elas aparecem lado a lado.

Hesíodo não faz nenhuma alusão à oposição ou à complementaridade desses dois personagens, mas não é por esse motivo que alguns elementos, nesse sentido, estão ausentes deste relato, como tentarei mostrar.

As condições de nascimento das duas deusas tecem entre elas uma rede de estreitas relações. Afrodite se nutre (se cria) da espuma, *áphros*, que surge quando Cronos joga o membro viril de seu pai, Urano, ao mar, *póntos*; o termo *áphros* é, neste contexto, ambíguo,[35] podendo designar tanto o esperma de Urano quanto a espuma do mar infecundo que cerca o pênis de Urano; além de ser o esperma (ligado à fertilidade-fecundidade presidida por Afrodite), *áphros* é também parte do mar infecundo e caracteriza-se pela brancura, que, em outros episódios, está relacionada à cabeleira de Nereu, o Velho do Mar, havendo, assim, uma relação

---

[35] Leclerc, Christine, "Mythe hésiodique, entre les mots et les choses", p. 18.

entre a espuma do mar e a velhice (*áphros* e *geras*). Enquanto líquido seminal, liga-se ao termo *philótes*, o vínculo sexual, que é privilégio e quinhão de Afrodite (*Teogonia*, vv. 203-206). Na *Teogonia* (vv. 224-225) vemos, lado a lado, entre os descendentes da Noite, *Philótes* e *Géras*. Assim, percebemos que o vínculo amoroso tem algo de noturno, como o tem, também, Afrodite, já que é descendente do Céu Estrelado (lembrar que o relato da descendência da Noite aparece imediatamente após o relato do nascimento de Afrodite). Dessa forma, temos *áphros* evocando a fecundidade que precede o nascimento e a velhice que prefigura a morte. As faces opostas de um mesmo termo; polaridades da mesma deusa. Ela é um princípio de união e um prenúncio da velhice e da morte. Os dois primeiros acólitos de Afrodite são *Hímeros* e *Eros* (o desejo e o amor). O segundo enuncia a ligação amorosa realizada e o primeiro a enuncia como iminente, embora, no nível do significante, o primeiro contenha o segundo.[36]

Assim como Afrodite, Atena tem seu nascimento a partir somente do pai. Sabendo-se ameaçado por um filho de sua ligação com Métis, Zeus engole a esposa e dá nascimento, ele mesmo, *autós*, de sua cabeça, a Atena (*Teogonia*, vv. 924 ss.), de quem Métis já estava grávida antes de ser engolida.[37]

Se Afrodite nasce do membro pelo qual se efetua o *Eros* (sendo este seu companheiro desde o início), patrocinando, dessa maneira, os atos amorosos e a união dos elementos os mais opostos, Atena, por sua vez, é uma deusa virgem e guerreira, ligada, portanto, às *Érides* (Lutas), à boa (Atena *ergané* — obreira, industriosa) e à má, a da Guerra. Atena preside a separação, quer quando opõe, quer quando distingue (pela emulação, por exemplo).

---

[36] Remetemos o leitor ao texto de Marcel Detienne e Giulia Sissa, *La vie quotidienne des dieux grees* (Paris: Hachette, 1989), onde à p. 51 lemos: "Pois Afrodite dobra sob a lei do desejo tudo aquilo que é vivo e se move: os deuses, os mortais e os animais da terra e dos mares. Somente três pessoas resistem a ela, as três deusas de virgindade obstinada: Atena, Ártemis e Héstia. Todos os outros e notadamente todos os deuses experimentam sua força".

[37] Leclerc, Christine, "Mythe hésiodique, entre les mots et les choses", p. 10.

Afrodite e seu *Eros* são a forma de ligação ambígua que une os opostos, tentando misturá-los e reduzi-los à unidade, enquanto Atena e sua *Éris* é uma separação que força à dualidade. Afrodite associa o tema do amor ao da morte, já que a perpetuação da espécie implica a morte. Atena se forma a partir da *Métis*, modo de sabedoria mas também de habilidade que têm os homens nos trabalhos guerreiros e nos de artesanato.

São essas as duas deusas convocadas para a fabricação de Pandora, oferecendo à primeira mulher suas atribuições complementares e opostas.

Lembramos ainda que Pandora, como Atena, é uma *parthénos* (virgem), o que no universo do mito constitui a figura de um ser muito ambíguo, pois cristaliza, nela mesma, exatamente o interdito terrível do que é feminino no próprio feminino. A *parthénos*[38] pactua sempre, muito ou pouco, com a morte, uma vez que traz em si a condição mortal e o tormento da sexualidade não realizada, como diz Dante Gabriel Rossetti, "In Venu's Eyes the Gaze of Proserpine".[39]

Tanto na *Teogonia* quanto nos *Erga*, a mulher carrega consigo mais poderes de destruição do que o princípio da fecundidade. A figura feminina traz a polaridade *Eros* e *Thánatos* quase por um processo mimético por que passou a partir de Afrodite e também de Atena.

Em seguida, v. 67, Hermes[40] é quem é convocado por Zeus para colocar no peito do novo ser a conduta dissimulada de um ladrão e também o espírito de cão, que indica sua capacidade de absorver, com seu ardor alimentar, toda a energia do macho. Esse deus, cujo epíteto aqui é "Mensageiro Argifonte" e na *Teogonia*, v. 938, "arauto dos imortais", é o deus dos caminhos, das passagens de um espaço a outro, de dentro para fora, de fora para dentro e de um mundo para outro. É quem protege os viajantes e os co-

---

[38] LORAUX, Nicole. "Sur la race des femmes et quelques-unes de ses tribus". In: *Les enfants d'Athéna*. Paris: François Maspero, 1981.

[39] Apud PANOFSKY, Dora e Erwin, *Pandora's Box*, p. 109.

[40] Sobre esse deus, cf. KAHN, Laurence. *Hermès passe* (Paris: François Maspero, 1978).

merciantes, o condutor de almas (*psykhopómpos*), e é tido como o mais amigo dos homens dentre os deuses.[41] Seus feitos revelam muito mais de agilidade e da arte do segredo do que propriamente de força e sabedoria. É o mestre do senso da oportunidade, da arte do roubo e do falso juramento, bem como de tudo de feliz que cabe ao homem, desde que seja sem o compromisso de sua responsabilidade. Para a primeira mulher, seus dons são *nóon kynóon* (mente de cão) e *éthos epíklopon* (conduta dissimulada, como a do ladrão). Pandora participa, assim, da natureza divina pela sua aparência, da natureza humana pela força e pela fala, e da natureza animal pela mente de cão.

No v. 70 inicia-se a confecção de Pandora. O cumprimento efetivo das ordens de Zeus é um pouco diferente do projeto anunciado. Rapidamente, todos obedecem às ordens do Cronida e rápidos também são os versos que descrevem essas ações. Hefestos plasma-a a partir da terra misturada à água, com a aparência de recatada virgem. A palavra *ékelos* (aparência, semelhança) não estabelece necessariamente uma ligação de parecença entre dois objetos ou uma relação de conformidade entre uma imagem e seu modelo,[42] mas designa, muitas vezes, uma curiosa mimese feita de identidade e de participação que caracteriza o parecer verídico e permite ao homem orientar-se em um mundo de signos. Deleuze[43] diria que a mulher é um simulacro no sentido de que o simulacro põe em questão as noções de cópia [...] e de modelo.

Atena aí está para adorná-la e cingi-la, como são cingidas as noivas. Afrodite não comparece na elaboração propriamente dita, mas envia, em seu lugar, suas auxiliares para embelezar Pandora. Ela é representada pelas Graças,[44] pela Persuasão e pelas Horas,[45]

---

[41] OTTO, Walter, *Les dieux de la Grèce*, pp. 126 ss.

[42] LORAUX, Nicole, "Sur la race des femmes et quelques-unes de ses tribus", p. 87.

[43] Ibid., p. 89, n. 60.

[44] As três Graças são: *Agláie, Euphrosyne* e *Thalíe Eratêine*. Na *Teogonia*, vv. 907-911, lemos o seguinte: "Eurínome de amável beleza virgem de Oceano/ terceira esposa gerou-lhe Graças de belas faces:/ Esplendente, Agradábil e Festa amorosa,/ de seus olhos brilhantes esparge-se o amor/ solta-membros, belo, brilha sob os cflios o olhar".

[45] Cf. artigo de AUDRY, J. "Les heures" (Lyon: E. I. E., 1986), onde ele afirma que as funções principais dessas divindades estão diretamente ligadas ao ciclo anual, e que elas são

e Pandora aparece paramentada como para festejar a colorida primavera, pronta para seu próprio casamento. Pandora adornada com os signos da mudança de estação marca o início de um novo ciclo para a humanidade. A *Cháris* (Graça) que Afrodite confere à primeira mulher introduz uma novidade no mundo dos homens, uma vez que antes dela inexistiam o prazer sexual da mulher e o próprio prazer sexual, pois, como se sabe, sexo vem do verbo seco, que significa separar, daí a ideia de sexo como separação que supõe duas partes e a cada qual seu prazer. Algo de Afrodite é passado por suas acompanhantes ao dom de Zeus aos homens.[46]

Cumprindo a vontade do Cronida, o Mensageiro Argi¬fonte coloca, ainda, no peito dela, o que pactuará com a con¬duta de ladrão e a mente canina: as mentiras e as sedutoras palavras. A *audén*, linguagem humana em potência, v. 61, aqui passa a ser linguagem realizada, *phonén*, vista como um acréscimo, um artifício a mais neste dom de Hermes, da mesma forma que o *ékelos*, ela é também elemento no exercício da sedução.

A mulher, entretanto, não é apenas um mal, já que é bela, v. 63, e para os gregos o belo se faz sempre acompanhar de um bem; a ausência da mulher comporta um outro mal, e se ela é considerada como mal, sem ela falta o bem que lhe corresponde.

O nome do novo ser é finalmente enunciado, logo ela passa a ter existência: Pandora,[47] pois, segundo o texto, todos os que têm morada olímpica lhe deram um dom, que é um mal a todos os homens que se alimentam de pão (ou seja, que se utilizam do fogo, signo de civilização). No personagem de Pandora veem se inscrever todas as tensões, todas as ambivalências que marcam o estatuto do homem, entre animais e deuses.[48]

---

também as guardiãs das portas do céu; que são as portas do ano. As Horas têm um papel importante também na "heroização", no casamento e no nascimento dos mortais.

[46] PUCCI, Pietro, *Hesiod and the Language of Poetry*, p. 96.

[47] Ibid. Pucci observa que mais três etimologias são possíveis para se considerar: "a que dá tudo", "a que recebe tudo" e "a que tira tudo".

[48] Vernant, Jean-Pierre. "Le mythe prométhéen chez Hésiode". In: *Mythe et société en Grèce Ancienne*. Paris: François Maspero, 1974, p. 192.

No v. 83 vemos Pandora como um ardil íngreme e invencível, e Hermes, cumprindo suas funções, leva o presente dos deuses a Epimeteu, irmão e contrário de Prometeu, que, como o próprio nome diz, é "o que compreende depois". No vv. 86 ss. o vemos aceitando irrefletidamente esse dom, embora já tivesse sido advertido por seu irmão; mas ele só compreende o que fez depois de tê-lo feito. Prometeu e Epimeteu são as duas faces do homem: aquele que engana e que é enganado, aquele que é previdente e que é desacertado, o que compreende antes e o que compreende depois.

Com essa ação de Epimeteu, fica marcada definitivamente a mudança para um novo tempo. A grei dos homens até então vivera longe dos males (*kaká*) e da áspera fadiga (*kha leipoío pónoio*) e das dolorosas doenças (*noûson argaléon*), que aos homens dão fim. Em contrapartida a uma vida sem problemas (que faz lembrar a Raça de Ouro, vv. 106-126), anuncia-se agora outra, cheia de limitações e dificuldades. Introduzido o trabalho (*érgon*), aparece a fadiga (*pónos*). Zeus introduz um mal, Pandora dissemina males. O jarro retoma, de certa forma, o episódio da fabricação de Pandora, desenvolvendo a questão da irrupção do mal, sob seus diferentes aspectos, na vida dos homens.

Pandora, repetindo o ato de Zeus no v. 49, assumindo para si o ato de punir, "trama para os homens tristes pesares", abrindo a tampa do jarro e dispersando todos os males que até então inexistiam para os *ánthropoi*. Ao se abrir o *píthos* (jarro), local onde guarda o alimento (*bíos*), o que se procura são as reservas alimentares e jamais os males (*kaká*). O *bíos* nutre e restaura energias e faz viver, e os *kaká* consomem as forças, tiram a vitalidade e matam.

O discutidíssimo v. 96 conta que Pandora deixou sozinha, dentro do jarro, a *Elpís* (esperança, presciência, expectação, espera) depois de todos os males terem saído e de ela ter recolocado sua tampa.

O que é a *Elpís*? Pouco é dito no texto, mas muito fica sugerido.

Elpís é ambígua, liga-se tanto à presciência de Prometeu quanto à irreflexão de Epimeteu. Ela é a espera ambígua, temor e esperança a uma só vez, previsão cega, ilusão necessária, bem e mal simultaneamente. Não nos esqueçamos de que o verbo *élpomai* é menos "ter esperança" do que "expectar", e *Elpís*, no sentido de "esperança", é apenas uma especialização do significado de "expectação". Espera e expectação podem tanto se referir a algo de bom quanto de mau.[49] Ela é sempre conjectura, está sempre sob o signo da oscilação.

Hesíodo fala de uma *Elpís oúk agathé* (v. 500) (espera não boa), supondo que haja também uma *Elpís* boa. Platão (*Leis*, 644, c-d) diz que as opiniões que concernem ao futuro levam o nome comum de *Elpís*, mas quando se refere a uma dor que virá, ela é *phóbos*, temor, e quando se refere a algo de bom é *thárros*, confiança, segurança.[50]

Neste texto, como ela não aparece especificada, parece-me evidente que ela tem um sentido amplo: pode ser temor ou confiança; entretanto, ela não é *pronóia* (presciência), nem *prométhéia* (previsão), nem *epimethéia* (compreensão atrasada). A ambiguidade da *Elpís* reside no fato de os homens poderem não acertar no que esperam; na espera eles podem errar ou acertar.

À ambiguidade fundamental de Pandora corresponde a ambiguidade da *Elpís*, que, como a mulher, fica sozinha dentro de casa (vv. 96-97), fechada, enquanto os males são espalhados entre os homens.[51]

A *Elpís* sozinha, dentro do jarro, dá ao homem o poder de equilibrar a consciência da sua mortalidade pela ignorância do "quando" e do "como" a morte virá para ele. Se os homens tivessem a infalível presciência de Zeus, eles nada poderiam fazer com a *Elpís*. A *Elpís* é própria dos humanos e um de seus atributos, já que é desnecessária aos deuses, que são imortais, e também aos animais, que ignoram que são mortais.

---

[49] VERDENIUS, W. J. "A Hopeless Line in Hesiod", *Mnemosyne*, n. 24.
[50] Apud VERNANT, Jean-Pierre. "À la table des hommes", p. 125.
[51] VERNANT, Jean-Pierre. "Le mythe prométhéen chez Hésiode", p. 193.

Agora o céu e a terra estão cheios de *kédea* (pesares). Os *noúsoi* (doenças) estão aqui, não apenas com seu sentido fisiológico restrito mas compreendidos como as punições enviadas pelos deuses; tudo o que atrapalha a vitalidade do homem, como as pragas, a loucura ou os discursos delirantes;[52] entretanto, os *noúsoi* de Pandora não vêm como punição, pois Pandora já é punição, mas aparecem naturalmente, espontâneos (*autómatoi*), errando em silêncio (*sigé*), pois o sábio Zeus a voz lhes tirou para que surpreendam e não avisem a quem forem visitar.[53]

O episódio termina com uma admoestação: "Da inteligência de Zeus não há como escapar!". É curioso destacar que a palavra "inteligência" traduz o vocábulo *nóos* do original; ora não se pode escapar do *nóos* de Zeus e não de sua *métis*, como até então, neste mito, a inteligência do Cronida se via designada. Zeus tem *nóos* e tem *métis*.

Com o relato mítico de Prometeu e Pandora, Hesíodo estabelece a origem da condição humana e reafirma o lugar que ocupa a soberania de Zeus nessa nova ordem inaugurada com Pandora, o último dos presentes dado aos homens pelo Cronida. Essa nova condição se edifica sob o signo da ambiguidade.

Assim como para a *éris* boa há a *éris* má, para o *érgon* há o *pónos*, assim também a *Elpís* é espera de bem e de mal, e Pandora é desejável e indesejável ao mesmo tempo.

Pandora tem no jarro a sua metáfora e o jarro é uma metonímia da *Elpís*; os três são ambíguos, são bens e são males. Essa ambiguidade, esse jogo de reflexos, essas duplicações apontam para a dificuldade, neste texto, em se definir uma identidade. Neste mito o que temos definida é a condição humana e não a sua identidade. Este mito, em Hesíodo, estabelece os fundamentos da condição humana na Antiguidade grega.

---

[52] FRAZER, R. M. "Pandora's Diseases". In: *Roman and Byzantine Studies*, v. 13, 1972.

[53] Pietro Pucci (*Hesiod and the Language of Poetry*, pp. 104-5), faz uma curiosa observação; diz ele que a *Elpís* tem voz e que os males não têm voz quando saem do jarro (*Erga*, v. 104); a *Elpís* tem um *lógos* bom e um não bom (*Erga*, v. 500), um discurso positivo e outro negativo, que acontecem no espaço da interioridade humana.

3. As cinco raças

Se no mito de "Prometeu e Pandora" o trabalho, sua origem e sua necessidade aparecem como um dos temas centrais, na narrativa mítica das "cinco raças" o objeto principal é a Justiça, apresentada e elaborada mais pelo seu contrário (a Violência, a Desmedida, a *Hýbris*) do que pelo seu aspecto fundamentalmente positivo; abordagem que só encontraremos no discurso parenético que se segue a esse mito (vv. 202-285).

Esta narrativa mítica constitui o único caso de tema em *Os trabalhos e os dias* que se afasta das regras da Literatura Sapiencial, segundo West,[54] mas tem também suas origens no Oriente, e provavelmente o poeta está importando uma estória que ele conhece de algum outro lugar, fazendo-lhe adaptações que sirvam a seus diferentes propósitos.

Além do mito de Pandora que fala de um tempo em que os homens viviam como deuses, Hesíodo conhece também esta estória que trata da passagem desse estado paradisíaco para o seu presente de fadiga, miséria e dor; o poeta inicia este relato conectando-o com o anterior pelo uso da forma verbal *ekkoryphósō* (coroarei, encimarei), afirmando que com outro discurso vem coroar o anterior, enriquecendo e arrematando o que dissera no mito precedente. Na parte final deste mito (na Idade de Ferro), o poeta também aborda o tema da instauração da condição humana sobre a terra, acrescentando-lhe vários outros aspectos, mas sobretudo o que fundamentalmente ele vem estabelecer é a necessidade de observar a Justiça de Zeus e de evitar, a qualquer custo, a *Hýbris*.

Basicamente utilizei, para esses comentários interpretativos sobre o mito das raças, as lições de West e Vernant, que fazem abordagens muito distintas desse texto. O primeiro analisa o episódio dentro de um contexto amplo da literatura antiga e vê esse mito como um historiar de diversas fases da humanidade; já o segundo preocupa-se com o conjunto do poema, com as funções sociais aí

---

[54] West, M. L. "Hesiod". In: *Works and Days*, p. 28.

abordadas, faz uma análise estrutural desse episódio e aponta para a curiosa coexistência dos vários níveis da vida humana.

West aponta três elementos esquemáticos que se fundem num sistema orgânico a integrar as diferentes raças: a deterioração moral, o envelhecimento e a glória posterior à morte. Justifica a integração das raças em um sistema orgânico através da "(I) Deterioração moral que avança mais a cada novo metal. Apenas a raça não metálica dos heróis é melhor do que sua antecessora. (II) A raça de ouro não mostra sinais de envelhecimento e a raça de prata não envelhece até chegar próxima ao fim da vida, mas Hesíodo descreve sua rebeldia de viver cem anos em termos de mera infantilidade, algo de modo algum desejável. Nada é dito a respeito do envelhecimento nas duas próximas raças, mas no final da quinta o processo é completo, desaparecendo completamente a juventude, e as marcas de uma idade avançada estão presentes desde o nascimento. (III) A diminuição progressiva das vidas gloriosas depois da morte. Novamente os heróis quebram a sequência devido aos seus méritos".[55]

Segundo a abordagem que West faz desse episódio, os heróis quebram a sequência lógica, o que é visto como mais um argumento a propósito da inserção da raça dos heróis em um mito original sobre quatro raças metálicas, feito, aliás, que se deve a Hesíodo ou a um seu predecessor.

O esquema básico desse mito tem importantes paralelos orientais,[56] havendo sempre um esboço comum de quatro raças metálicas que se sucedem, cada uma mais impiedosa e envelhecendo mais depressa do que a anterior, sendo que, em geral, a última delas aparece enunciada em forma profética. Para exemplificar, temos, na tradição persa, os dois livros perdidos de *Avesta*, em que é descrita uma visão que revela o futuro para Zoroastro. Nessa versão o profeta vê uma árvore com quatro galhos, um de ouro, outro de prata, outro de aço e outro de ferro, e o deus lhe explica que eles correspondem às quatro idades sucessivas nas quais os cem anos

[55] Ibid., pp. 173-4.
[56] Ibid., p. 175.

de Zoroastrismo cairão; na primeira Zoroastro fala diretamente com o deus e na última a decadência é tal que os homens são menores até em sua estatura física. Entre os judeus, no Livro de Daniel (2, 31 ss.), Nelrechadnezzar sonha com uma estátua cuja cabeça é de ouro, o peito e os braços são de prata, o ventre e as coxas de bronze, as pernas de ferro e os pés de uma mistura de ferro e argila; segundo esclarece Daniel, cada parte dessa estátua representa cinco reinados diferentes, sendo o primeiro o dele e os outros lhe são gradativamente inferiores. Na literatura hindu nós encontramos uma doutrina das quatro idades do mundo representadas pelos pontos de um dado, de quatro até um, e as raças diminuem progressivamente em duração e retidão e aumentam em maldade e doenças; na última dessas etapas constatamos que a narrativa se inicia no tempo presente e termina no tempo futuro, exatamente como acontece na raça de ferro nos *Erga*.

West aceita que é na Mesopotâmia que se originam esses mitos e de lá espalham-se entre os persas, os judeus, os hindus e os gregos. Hesíodo foi, por sua vez, a fonte única para os outros gregos e para os romanos, que também modificaram e adaptaram o esquema inicial do mito.

A primeira raça é a de ouro, aparece no período em que reina Cronos; esses homens têm alma despreocupada e desconhecem penas, miséria, velhice e são afastados de todos os males. Vivem em festins, alegres, e a terra lhes dá sustento abundante. Quando os indivíduos morrem tornam-se *daímones* (gênios) bons, cuidam do bem-estar dos homens, velando pela Justiça e dando-lhes riquezas. A segunda é a de prata, e os dessa raça são bem inferiores aos da primeira, e não se assemelham no talhe ou no espírito. Vivem cem anos como crianças junto às suas mães, crescem brincando em sua casa e quando atingem a adolescência morrem; sofrem dores terríveis por inexperiência, "pois louco Excesso (*Hýbris*) não conseguem conter entre si". São ímpios, não querem servir nem sacrificar aos deuses. Por esses motivos, Zeus sob a terra os oculta, mas ainda assim a honra os acompanha e, quando morrem, eles se tornam *daímones* hipoctônicos. A raça de bronze, a terceira, ocupa-se das obras bélicas de Ares, funestas e violentas (*Hýbrieis*); seus integrantes não se alimentam de trigo e têm coração duro e firme, são fortes, invencíveis, aterradores: suas armas e suas casas são de bronze e trabalham com esse metal, pois o ferro desconhecem; sucumbem por seus próprios braços e vão anônimos, sem glória, para o Hades, e, apesar de terríveis, a luz do sol os deixa e a negra morte os leva. A quarta raça, a dos Heróis, Zeus a cria mais valente e mais justa, e eles são chamados semideuses; perecem como heróis, como os das guerras de Troia e de Tebas; habitam com a alma tranquila a Ilha dos Bem-Aventurados, afortunados, pois a terra multinutriz lhes dá três colheitas por ano. A última é a raça de ferro e Hesíodo lamenta não ter nascido antes nem depois dela. Os deuses lhes enviam dor e fadiga de dia e inquietações à noite; para eles encontram-se misturados os bens e os males; um dia chegará em que esses homens já nascerão com as têmporas brancas; então, o pai não se parecerá com o filho, nem serão queridos os hóspedes ao hospedeiro, nem o amigo ao amigo, nem o irmão ao irmão; os filhos desonrarão os pais quando estes envelhecerem e, cruéis, lhes dirão duras palavras, e aos céus não temerão. Com a lei da força saquearão as cidades; não respeitarão os Juramentos e honrarão mais o homem violento (*hýbrin ándra*) e o malfeitor do que o justo (*díkaios*) e o bom: a Justiça será, então, a força e, não havendo respeito aos Juramentos, o covarde atacará o valente com palavras tortuosas; a inveja acompanhará a todos, por isso Temeridade (*Aidós*) e Respeito (*Nêmesis*) abandonarão os mortais, indo para o Olimpo com os outros imortais; assim, contra o mal não haverá remédio.

Bem distante desse tipo de abordagem, temos, por outro lado, J.-P. Vernant,[57] que afirma: "A lógica que orienta a arquitetura deste mito, que articula os seus diversos planos, que regula o jogo de oposições e afinidades, é a tensão entre *Hýbris* (Desmedida, Excesso) e *Díke* (Justiça)". Observamos que embora seja pequena

---

[57] A análise que faremos do conjunto desse relato mítico segue de perto o ensaio de Vernant em "O mito hesiódico das raças", em *Mito e pensamento entre os gregos*.

a incidência numérica dessas duas palavras e de seus derivados (*hýbris*, vv. 134, 146, 191, e *díke*, vv. 124, 153, 190, 192) no mito em questão, sem dúvida elas encerram as duas noções básicas sobre as quais se articula a estrutura deste relato.

A impressão que fica de uma primeira leitura é a de que neste relato há um movimento de decadência contínuo, só interrompido pela inserção da raça dos heróis entre a terceira e a quinta raças. Se bem verificarmos a narrativa, entretanto, segundo a análise de Vernant, perceberemos que ela segue uma lógica extremamente rigorosa, cuja estrutura remete ao que Dumézil chamou de Sistema de Tripartição Funcional (em *Júpiter, Mars, Quirinus*, Paris, 1941) existente no pensamento religioso dos povos indo-europeus, ou seja, a construção mítica que define as três funções principais do homem: 1) a do rei, ligada à função jurídico-religiosa; 2) a do guerreiro, ligada à função militar; e 3) a do agricultor, ligada à fecundidade e à alimentação necessária à vida. Assim, nesse mito, as raças de ouro e de prata se ligam à primeira função, enquanto a terceira e a quarta se vinculam à função do guerreiro, e a raça de ferro relaciona-se à função do agricultor.

Hesíodo, dentro dessa formulação de Dumézil, "não somente reinterpreta o mito das raças metálicas no quadro de uma concepção trifuncional, mas transforma a própria estrutura tripartida e, desvalorizando a atividade guerreira, faz dela, na perspectiva religiosa que lhe é própria, não tanto um nível funcional entre outros quanto a fonte do bem e do mal e do conflito no universo".[58]

Aqui destaco duas observações que considero valiosas para meu comentário. Primeiro, as raças de ouro e de prata não têm nenhum conhecimento da necessidade, tudo lhes é doado espontaneamente, vivem sem preocupações, achando-se, assim, ligadas à infância, conforme já havia observado West. Já as raças de bronze e dos heróis se vinculam ao vigor físico próprio da idade adulta. A raça de ferro é a única que conhece a degradação da infância para

---

[58] VERNANT, Jean-Pierre. "Estruturas do mito". In: *Mito e pensamento entre os gregos*. São Paulo: Difel/USP, 1973, p. 37.

a velhice e a morte. Em segundo lugar, observamos que o tempo do mito não é linear e sim cíclico,[59] assim como o é a sequência das estações do ano. Se assim não fosse estaria completamente deslocada a raça dos heróis, que não segue o paralelismo raça--metal; por outro lado, ainda, Hesíodo declarando claramente que gostaria de já estar morto antes da raça de ferro ou nascer depois dela, fica evidente não o término de um processo de declínio mas a existência de uma continuidade cíclica.

Observemos também que a primeira raça ignora a ambiguidade e tudo o que não se atém aos limites da soberania. É a raça de ouro, cujos homens vivem como deuses e só conhecem a *Díke*. Tornam-se *daímones* epictônicos (gênios sobre a terra) e são guardiães dos mortais. Os da raça de prata definem-se por oposição à de ouro: são piores, inferiores; à soberania do rei guiado pela *Díke*, na idade de ouro, temos aqui o seu inverso, o rei entregue à *Hýbris*. Eles são caracterizados pelo louco Excesso entre si e pela impiedade para com os deuses; assim como os da raça de ouro, nada têm em comum com atividades militares nem com os trabalhos do campo. Apesar de serem punidos pela cólera de Zeus, têm o privilégio de ser *daímones* após a morte, embora hipoctônicos (embaixo da terra). A raça de bronze em nada se assemelha à de prata: sua *Hýbris* é de outra natureza; a raça anterior tem vocação para o poder, esta para os trabalhos violentos de Ares. Do plano jurídico-religioso passamos para o da força brutal e do terror. Aqui não se fala nem de *Díke* nem de piedade. Eles não são aniquilados por Zeus, morrem pelas suas próprias disputas. Ficam, depois, no Hades em total anonimato, sem nenhuma glória. Esta raça está próxima e distante da que a antecede; ambas são devotadas às funções guerreiras, mas se contrapõem porque os heróis se pautam pela *Díke*. Ambas se ligam também às duas *Érides*, que, como vimos no item 1, recebem entre os gregos uma valoração positiva. A vida na idade de ferro não se caracteriza nem pela supremacia da *Díke* nem pela

---

[59] ELIADE, Mircea. "El tiempo sagrado y los mitos". In: *Lo sagrado y lo profano*. Luís Gill (Trad.). Madri: Guadarrama/Punto Omega, 1973, p. 63.

da *Hýbris*, apesar de Hesíodo vaticinar que ela poderá terminar em total *Hýbris*. Como os males misturados aos bens, temos a característica complexa que reveste esta raça: é ambígua e supõe a necessidade de discernimento e de escolha. Fundamentalmente é esta a compreensão que Vernant tem do mito das cinco raças.

A noção de *Díke* em Hesíodo, apesar de múltipla (as *díkai* são sentenças nem sempre retas como a *Díke* de Zeus), pois corresponde à experiência hesiódica de um estado de pré-Direito, não coloca ao estudioso moderno um problema de tradução mais complicado. Como Justiça, virgem (*parthénos*) filha de Zeus, ela se impõe, e enquanto tal não traz ambiguidade: é respeito devido entre os homens e a piedade para com os deuses, opondo-se claramente a *Bía* (força). Em português o vocábulo etimologicamente vem do latim *justus, -a, -um*, que significa justo, aprumado, ereto, reto, direito, o que nos aponta também para a polaridade reto/torto que reincide em diversos pontos do poema.

Por outro lado, *Hýbris* se define por ausência de *Díke* e traz inúmeros problemas ao tradutor, pois, mais complexa e menos limitada semanticamente, é violência provocada por paixão, ultraje, golpes desferidos por alguém, soberba etc. Assim, fica difícil ao tradutor defini-la como "Desmedida", seguindo a tradição francesa, ou como "Violência", conforme outras traduções; considero que além do prefixo *des* indicar, na maior parte de suas ocorrências, a negação, a carência, "desmedida" não conota necessariamente violência, enfraquecendo e até desvirtuando seu sentido original. Lembremos ainda que a tradução alemã para *Hýbris* é *Hochmut*, que se avizinha mais do sentido de ferir a ordem moral do todo ou, ainda, é soberba sem fundamento. Outras palavras se nos apresentam: insolência, soberba (latim *superbus*), orgulho, abuso, transgressão etc. Entretanto, todas essas palavras poderiam talvez servir em suas formas adjetivas, mas parecem inadequadas quando as encaramos como substantivos nomeando noções, já que todas sofreram uma especialização modernamente e conotam algo mais restrito do que a palavra grega. Assim, optamos pelo vocábulo "excesso", que vem do latim *ex* + *cedere*, que significa ultrapassar, extravasar, sair para mais etc.

Se fizermos uma abordagem mais voltada ao conteúdo significativo das palavras e de suas relações dentro dos versos, outros elementos descobriremos neste fecundo mito. Já de início é bom esclarecer que o mito propriamente só começa no terceiro verso e termina no v. 126; do v. 106 ao v. 108 aí temos, entretanto, elementos muito importantes. Alistaremos a seguir uma série de pequenas notas que devem nos ajudar na compreensão do mito.

No primeiro verso do episódio, além do verbo coroarei (*ekkophyphósõ*), que entendo como um indicador de remate do mito anterior,[60] como já vimos, podemos observar que a palavra *lógos* (palavra, discurso, estória) indica que Hesíodo apresenta a estória não como uma verdade absoluta, mas como algo que sabe por ter ouvido do povo e que merece muita atenção,[61] afirmação em que West é secundado por Verdenius;[62] com o que não podemos concordar totalmente, pois *lógos* equivale a *mýthos* na medida em que ambos são "o que se diz" e trazem sempre a verdade de seu conteúdo, que é uma instrução, uma lição. Cabe notar, entretanto, que a palavra *mýthos* só vai aparecer com o sentido especializado que hoje lhe atribuímos a partir dos trágicos e de Platão, segundo Chantraîne.

De qualquer modo a ideia central deste verso é a de remate: o mito das raças vem para completar o que foi dito no *lógos* anterior.

A palavra *homóthen* (igual, da mesma origem) indica no v. 108 que os *ánthropoi* têm a mesma *phýsis* dos deuses; aqui cabe lembrar Píndaro, que na *VI Nemeia* diz: "Uma é a raça de deuses/ uma a raça dos homens/ de uma só mãe nascemos/ mas diferenciamos". Essa *phýsis* comum a mortais e a imortais só é válida se consideramos os *ánthropoi*, mas não os *ándres*, que se distinguem das mulheres.

---

[60] West interpreta esse verso como a "cabeça" da estória e como o que lhe dá unidade orgânica e significado ("Hesiod". In: *Works and Days*, p. 178).

[61] Ibid., p. 177.

[62] VERDENIUS, W. J. "A Commentary on Hesiod". *Works and Days*, vv.1-382. Leyden: E. J. Brill, 1985, p. 75.

Cabe observar que no tempo de Cronos (*epíKrónou*), v. 111, a vida era feliz e fácil, crença, aliás, enraizada na imaginação popular,[63] que se relaciona aos Festivais *Krónia* (cf. *Teogonia*, v. 137), quando mestres e escravos festejam juntos no aprazível período após a colheita; Jane Harrison comenta que esses festivais celebravam um antigo rito de sucessão de reis. De qualquer forma, é nesse período em que reina o grande titã que os homens mantêm sempre iguais (v. 114) seus pés e suas mãos, sempre ágeis, indiferentes à passagem do tempo, pois *Kronos*, o tempo, está entre eles.

Essa raça manifesta toda a virtude benéfica do bom rei, através de suas funções religiosa e legisladora; enquanto guardiães, ocupam-se de que a Justiça seja observada, e enquanto *ploutodótai*, promovem a necessária fecundidade do solo para os homens mortais.

No v. 127 inicia-se o relato sobre os homens da raça de prata, a meu ver os mais estranhos e indecifráveis dentre os que Hesíodo descreve. Viviam por cem anos (*hekatón*), o que é, sem dúvida, um período de tempo espantosamente grande; porém, trata-se de uma vida mais breve que a dos homens de ouro, pois são inferiores (*Kheiráteron*, v. 127) a eles também nisso. Vivem na casa de sua mãe, enquanto sempre como *méga népios*, criança grandalhona, surpreendentemente brincam junto da mãe cuidadosa; chegam à adolescência e morrem sofrendo por inexperiência (*aphradíeis*). No v. 134 vemos a palavra *hýbrin* surgir pela primeira vez no poema, e aqui tem o sentido claro de "excesso pela violência", e não o sentido de "força descontrolada", que seria mais adequado para a acepção que tem a palavra *bía*. A sua *hýbris* está presente tanto na relação que mantêm entre si no limiar da adolescência quanto na sua recusa em servir e sacrificar aos deuses.

Por não darem honras aos deuses (aqui *bomóis* e não *theóis*), Zeus os ocultou (*ékrypse*) e passam a ser os hipoctônicos, os "subterrâneos", que são também *mákares thnetoí* (venturoso pelos mortais), e lembro que é este também o destino dos titãs

---

[63] WEST, M. L. "Hesiod". In: *Works and Days*, p. 179.

(*Teogonia*, v. 697). A palavra *mákares* junto de *thnetoí* serve para excluir a conotação de "divino" que *mákares* pode ter; da mesma forma que *hypocthnónioi* responde a *epikhthónioi*, *thnetoî* responde a *daímones*, o destino dos homens da raça de ouro. Segundo West,[64] os homens de prata são identificados com alguns mortos respeitados como se fossem poderosos ou perigosos; eles não saem, entretanto, do mundo subterrâneo. Eles não têm identidade, não são lendários, e Hesíodo, por essa razão, não poderia tê-los ligado à quarta raça. Há muitos exemplos de túmulos numerados supersticiosamente pelo povo sem que se saiba a quem pertencem.

Hesíodo começa a discorrer sobre a raça de bronze no v. 143 e vai até o v. 155, e este é o trecho mais breve do mito das cinco raças. Aqui desaparece a expressão formular "fizeram os de olímpica morada tenentes" e, em vez dos deuses, quem surge é Zeus para criar essa raça de mortais.

Ek-melioũ (do freixo) aproxima esses homens de bronze das ninfas *melíai* e também dos Gigantes que Hesíodo deve ter considerado os progenitores dos homens.[65] A ligação entre a linhagem dos homens e a dos gigantes aparece na *Teogonia*, v. 50; também na *Teogonia*, v. 187, há traços de outro mito, segundo o qual os homens teriam nascido do freixo, que é exatamente a mesma árvore de onde são as referidas ninfas. Assim, os homens de bronze têm a origem de sua raça nessas árvores, o que os identifica com os primeiros homens conhecidos na tradição ordinária dos gregos. Outra tradição reconhece aí apenas um valor metafórico; segundo ela, esses homens são duros e belicosos como as lanças de combate feitas igualmente do freixo. (Cf. Verdenius, *A Commentary on Hesiod*).

Em seguida vemos que eles se ocupavam com as obras (*erga*)[66] de Ares, o deus da Guerra. *Hýbris* aqui traduzimos por "violência",

---

[64] Ibid., p. 186.
[65] Ibid., p. 187.
[66] Novamente a palavra usada sem o sentido que Vernant lhe atribui de trabalhos do campo somente.

já que West ("Hesiod". In: *Works and Days*, p. 187) demonstra que no plural significa "atos de violência". "Nenhum trigo comiam" (*oudé ti siton/esthíon*), a agricultura ensinada por Deméter é básica para a civilização, e os Ciclopes (*Odisseia*, 107-II) e os Lestrigões (*Odisseia*, 10.98) são exemplos de povos selvagens por não conhecerem o pão. Os homens de bronze evidentemente desconheciam a agricultura e estavam próximos da selvageria.

No v. 148 a palavra *áplastoi* (inacessíveis), que caracteriza esses homens duros e fortes, liga-se a *plastós*, que significa "moldado por um artesão", e a forma *áplastos* descreve a massa rude por onde o artesão começa seu trabalho, daí o sentido de informe, como no caso dos "Cem-braços", por exemplo. A ideia de rudeza passa à de inacessibilidade, pois para os comedores-de-pão os homens de bronze são rudes, intratáveis, inacessíveis. Entretanto, parece-nos igualmente razoável a explicação dada por Verdenius (*A Commentary on Hesiod*, p. 96) mostrando que *áplastos* é uma palavra formada de uma corruptela de *epelásthen*, um Aoristo 2 poético do verbo *peládzo*, que significa "abordar", "aproximar".

"Com bronze trabalhavam" (v. 151), *kalloi d'ergádzonto*, essa expressão pode aludir aos trabalhos bélicos, e Vernant[67] entende o verbo "trabalhavam" com o sentido de "laboravam", e admite que a frase alude ao labor simbólico e ritual do guerreiro.

Esses homens não são mortos por Zeus, eles mesmos se matam, como os Gigantes, segundo a *Teogonia*.

No v. 153, "desceram ao úmido palácio de Hades", ou seja, à última morada dos mortos, segundo os antigos; Homero usa essa mesma expressão, mas o adjetivo "gélido" (*krye-roû*) só aparece em Hesíodo.

Nónymnoi (anônimos), que surge no início do v. 154, em posição de relevo, cria grande contraste com as raças anteriores, que tinham destino após a morte, e também com a raça dos heróis, cuja glória lhes é conferida pelos aedos e são, sobretudo, os que deixaram seu nome sobre a terra depois de mortos.

---

[67] VERNANT, Jean-Pierre. *Mito e pensamento entre os gregos*, p. 26.

A raça dos heróis é criada mais justa (*díkaióteron*) e melhor (*áreion*) do que a que a antecedeu sobre a terra, que se caracterizava por sua *Hýbris*. *Áreion*, porque *díke* é *aríste* (excelente), conforme o v. 279 deste poema.

A palavra *héros* (herói) tem em grego dois sentidos principais: na épica antiga refere-se a todos os heróis cuja glória foi cantada pelos aedos; já posteriormente ela se refere a uma pessoa morta que exerce a partir da sepultura um estranho poder para o Bem ou para o Mal e que requer para si um ritual de honra apropriado, conforme Walter Burkert.[68] Em Hesíodo eles aparecem como a raça divina dos machos heróis (*ándron heróon theĩon génos*); eles descendem dos deuses e não são deuses; também a *Teogonia* (vv. 965-1020) assinala a sua origem divina.

No v. 160 a palavra *hemítheoi* (semideuses) significa que eles são aparentados[69] aos deuses e não que tenham status de semideuses. A palavra herói em grego não tem etimologia certa, segundo Chantraîne.

Dos vv. 162 a 172, Hesíodo apresenta de maneira geral os heróis das duas famosas e antigas lendas épicas: o ciclo tebano e o ciclo troiano. A expressão terra Cadmeia se refere a Cadmo, considerado pai dos tebanos e fundador de Tebas. *Mélon... Oidipõdao*, os rebanhos de Édipo, refere-se aos bens de Édipo, a seu trono, seus rebanhos disputados por seus filhos Etéocles e Polinices. Tebas de Sete Portas era famosa por ter um herói em cada uma de suas portas, para defendê-las (cf. Ésquilo, *Os sete contra Tebas*).

O v. 166 "... *toùs men thanátou télos amphekálypse*", "o remate de morte os envolveu", mostra de forma bem clara que a morte é o fim de tudo; trata-se de uma expressão épica (cf. *Ilíada*, III, 309). Os heróis também são mortais, apesar de imortalizados pela glória.

No v. 171 a expressão *En makáron Nésoisi*, "Ilha dos Bem-Aventurados", trata de uma morada tradicional de alguns heróis, onde viviam em condições semelhantes às da idade de ouro. Essa

---

[68] Burkert, Walter. *Greek Religion*. John Raffan (Trad.). Cambridge, Mass.: Hervard University Press, 1985, p. 203.
[69] West, M. L. "Hesiod". In: *Works and Days*, p. 191.

morada, por ser tão privilegiada, ficava nos confins da terra; esse nome aparece aqui pela primeira vez; em Homero o nome desse lugar é "Campos Elíseos".

Os heróis se distinguem dos homens das outras raças sobretudo porque após a morte eles conservam sua condição de heróis e alcançam uma quase imortalidade, que é a preservação de seus nomes e suas glórias, através dos tempos, pelos cantos dos poetas. A última raça, vv. 174 a 201, é a raça do presente, a raça dos homens de ferro. Hesíodo, já no primeiro verso, diz que gostaria de ter nascido depois ou ter morrido antes dessa quinta raça, tão terrível ela é. Uma flutuação entre verbos no presente e no futuro se dá até o v. 179, para em seguida aparecerem todos no tempo futuro, caracterizando o tom profético do texto.

O tema da quebra dos laços familiares e dos costumes que aparece nos vv. 182-186 é típico das profecias orientais sobre o final dos tempos.[70] A imagem das crianças nascendo com cabeças encanecidas (*geinómenoi poliokrótphoi*) aponta para o fato de que nascer e morrer estão extremamente próximos. Essa raça terá a vida mais breve do que a de todas as precedentes, e sua decadência será total (cf. Platão, *Político*, 270 e).

A palavra *hýbrin*, que aparece no final do v. 191, é, segundo West ("Hesiod". In: *Works and Days*, p. 202), a personificação do *anér* (homem) como a própria encarnação da *Hýbris*, caracterização extremamente forte e fulminante para os mortais.

As noções de *Aidós* (Respeito) e *Nêmesis* (Retribuição)[71] são indiscutivelmente muito difíceis de terem correspondentes exatos nas línguas modernas; são elas as últimas divindades que coabitavam com os homens e, diante da situação de ruína total, ambas vão fazer companhia aos outros imortais, abandonando os mortais à sua própria sorte. *Aidós* se refere a um sentimento que se tem de uma justa apreciação de seus próprios privilégios e de pudor para com

---

[70] Ibid., p. CCXCVI das notas.
[71] Elenco a seguir algumas traduções desse par de noções: "Consciência e Vergonha" (Mazon), "Vergonha e Desdém" (Arrighetti), "Consciência e Equidade" (Amzalak), "Honra e Equidade" (Dallinges), "Pudor e Respeito" (Colonna) etc.

os direitos alheios. *Nêmesis*, ligada ao verbo *nemeĩn* (distribuir), tem o sentido aproximado de "Justiça distributiva". Solmsem (apud Vianello de Córdova, *Los trabajos y los dias*, 1979.) aponta que no período arcaico *aidós* é um freio muito poderoso para a inclinação humana a realizar injustiças. O desdobramento da figura de *Aidós* é absoluto e antitético e aparece na *Teogonia*, v. 223, como uma das filhas da Noite, e aqui surge em sua imagem luminosa. A admoestação final é límpida e apocalíptica: *kakoũ d'ouk Éssetai alké*, "contra o mal força não haverá".

Como vimos, o mito das cinco raças arremata o ensinamento dado por Hesíodo no mito de Prometeu e Pandora, pois agora, junto à necessidade do trabalho, temos a necessidade da Justiça de Zeus.

Para finalizar, gostaria de atentar para a atualidade do poema, pois, apesar das peculiaridades próprias de seu tempo, seus temas centrais — a origem do homem, a origem dos males, a necessidade do trabalho e da justiça — são objeto da curiosidade e da reflexão mesmo do homem de hoje, que ainda se espanta diante deste texto tão rico escrito há 28 séculos.

Pela primeira vez na literatura ocidental um poeta se ocupa poeticamente em estabelecer, pela verdade do mito, os fundamentos da condição humana. Isso é feito dentro do rigor de uma lógica própria do texto, em que, com a palavra concedida pelas Musas, ele explica como a condição humana é fruto de uma complexa rede de ambiguidades, que acaba por torná-la fundamentalmente ambígua.

À GUISA DE CONCLUSÃO

Os fios tramados no urdume do texto hesiódico produzem, de acordo com os caminhos escolhidos, tecidos que podem — ou não — ser desfeitos e refeitos de outros muitos modos. A tecelagem, atividade exclusivamente feminina entre os gregos antigos, é aqui imitada em seus procedimentos para executarmos um pano original, no que pode haver de original na combinação dos mesmos fios já inúmeras vezes tramados.

Os três relatos míticos comentados têm em comum o fato de apontar sempre em direção ao múltiplo, ao complexo, ao ambíguo, quer quanto às noções que apresentam, quer quanto às características dos personagens e dos acontecimentos.

Assim, já no primeiro mito, o poeta diz que não há apenas uma "Luta", a que descende de *Nýx* na *Teogonia*, mas sobre a terra existem duas; uma boa, que, pela emulação, visa construir, e a outra má, que, pela contenda, leva à destruição; ao final do relato, lembremos, só se fala em uma *Éris*, na qual se confundem as duas características.

O mito das cinco raças, como já vimos, se organiza sobre a polaridade *Hýbris/Díke*; nas primeiras quatro raças há uma alternância de supremacias de uma ou de outra, e na última, na qual o poeta diz estar, existem concomitantemente "Excesso" e "Justiça" e a difícil contingência de ter que se escolher entre um e outro.

Sem dúvida, o mito mais claro e mais rico nessa perspectiva de leitura é o de Prometeu e Pandora, fortemente marcado pelas ambiguidades, como já observei. Exemplificando, posso lembrar que a astúcia previdente de Prometeu tem seu contraponto no desacerto de Epimeteu. Prometeu tem a *métis*, mas Zeus tem, além da *métis*, o *nóos*. A figura de Pandora é fabricada a partir da mistura do elemento terra ao elemento água; ela é, ao mesmo tempo, o belo e o mal; é fonte de prazer, mas de dor e fadiga; produz vida e traz a morte ao instituir o novo ciclo do nascer-perecer; ela é cópia, mas é também original ao inaugurar a raça das mulheres; ela tem a fala (*phoné*), que possibilita a comunicação própria dos homens e que, ao mesmo tempo, é o elemento que pode enganar, persuadir, atormentar, dissimular e dominar. Pandora traz o jarro que aparentemente é o *píthos* que guarda os grãos da última colheita, mas que, em realidade, está cheio de males, aflições, fadigas e doenças, que não alimentam mas destroem os homens; dentro do jarro fica presa a *Elpís*, a uma só vez expectação do bom e do mal e que, no espaço da interioridade, tem voz e dialoga com o homem, incitando-o a agir ou a pacientar. Pandora é o desejável, amorável e invencível ardil para os homens, seu prejuízo maravilhoso.

Ora, a ambiguidade que empurra igualmente para um lado e para o outro dilui a identidade e em seu lugar fica a diversidade, a incerta complexidade. Nos *Erga* não se define a identidade humana, mas se apresenta a condição humana, diferente da divina e da animal. Assim, posso afirmar que a identidade do homem, a sua natureza, reside justamente na complexidade e na tensão permanente entre polos e direções opostas.

Em minha leitura do poema, Hesíodo está estabelecendo os fundamentos da condição humana neste labiríntico tecido que se trama sob o signo da ambiguidade. A origem, a natureza e os lotes dos homens ficam aqui instituídos da mesma forma que na *Teogonia* se fez com a raça dos deuses.

BIBLIOGRAFIA

I. EDIÇÕES

Hesiod. *Works and Days*. Edited with prolegomena and commentary by M. L. West. Oxford: Claridon Press, 1978.

Hésiode. *Théogonie, Les travaux et les jours, Le bouclier*. Texte établi et traduit par Paul Mazon, 8. ed. Paris: Les Belles Lettres, 1972.

Hesiodus. *Hesiodi Carmina*. Leipzig: Bibliotheca Teubnariana, 1902 (texto estabelecido por A. Rzach).

Hesiod. *Theogonia, Opera et dies, Scutum*. Oxford: Claridon Press, 1970 (texto estabelecido por F. Solmsen).

II. TRADUÇÕES

MAZON, Paul. *Théogonie, Les travaux et les jours; Le bouclier.* 8. ed. Paris: Les Belles Lettres, 1972.

COLONNA, Aristide. *Opere di Esiodo.* Turim: Torinese, 1977.

VIANELLO DE CÓRDOVA, Paola. *Los trabajos y los dias.* México, D. F.: Universidad Nacional Autônoma de México, 1979.

HUGH G. EVELYN-WHITE, M. A. *Hesiod: The Homeric Hymns, and Homerica.* Cambridge, Mass.: Harvard University Press, 1974.

PÉREZ JIMÉNEZ, Aurelio e MARTÍNEZ DIEZ, Alfonso. *Obras y fragmentos.* Madri: Gredos, 1978.

AMZALAK, Moses Bensabat. *Hesíodo e o seu poema "Os trabalhos e os dias".* Lisboa: Academia das Ciências de Lisboa, 1947.

MAGUGLIANI, Lodovico. *Le opere e i giorni.* Milão: Rizzoli, 1979.

FRAZER, R. M. *The Poems of Hesiod.* Norman: University of Oklahoma Press, 1983.

ATHANASSAKIS, Apóstolos N. *Theogony, Works and Days.* Shield, Baltimore: The Johns Hopkins University Press, 1983.

LATTIMORE, Richmond. *Hesiod.* Ann Arbor: The University of Michigan Press, 1959.

III. BIBLIOGRAFIA CITADA E CONSULTADA

ARENDT, Hannah. *The Human Condition*. Chicago/Londres: The University of Chicago Press, 1958.

ARRIGHETTI, Graziano. *Esiodo: letture critiche, A cura di Arrighetti*. Milão: Mursia, 1975.

AUBRETON, Robert. *Introdução a Hesíodo*. São Paulo: Difel/USP, 1962.

BATTAGLIA, Felice. *Filosofia do trabalho*. Trad. brasileira Luís Whashington Vita e Antonio D'Ella. São Paulo: Saraiva, 1958.

BENJAMIN, Walter. *Mythe et violence*. Trad. francesa Maurice de Gandillac. Paris: Les Lettres Nouvelles, 1971.

BENVENISTE, P. Emile. *Le vocabulaire des institutions indo-européennes*, t. II: *Pouvoir, droit, religion*. Paris: Minuit, 1969.

BURKERT, Walter. *Greek Religion*. Trad. inglesa John Raffan. Cambridge, Mass.: Harvard University Press, 1985.

BURN, Andrew Robert. *The World of Hesiod: A Study of the Greek Middle Ages c. 900-700 B.C.* Nova York: E. P. Dutton & Co., 1937.

BURNET, John. *Early Greek Philosophy*, 4. ed. Londres: Adam & Charles Black, 1963.

BRULÉ, Pierre. *La fille d'Athènes*. Paris: CNRS, 1987.

CALAME, Claude et al. *Métamorphoses du mythe en Grèce Antique*. Genebra: Labor et Fides, 1988.

CAMPOS, Haroldo de. *Metalinguagem*. Petrópolis: Vozes, 1967.

DETIENNE, Marcel. *Les maîtres de vérité dans la Grèce archaïque*. Paris: François Maspero, 1967.

_____. *Homère, Hésiode et Pythagore*. Liège: Lotamus, 1962.

_____ e SISSA, Giulia. *La vie quotidienne des dieux grecs*. Paris: Hachette, 1989.

_____ e VERNANT, Jean-Pierre. *Les ruses de l'intelligence: La mètis des grecs*. Paris: Flammarion, 1974.

_____. *La cuisine du sacrifice en pays grec*. Paris: Gallimard, 1979.

DEVEREUX, Georges. *Femme et mythe*. Paris: Flammarion, 1982.

DODDS, E. R. *Les grecs et l'irrationnel*. Trad. francesa Michael Gibson. Paris: Flammarion, 1977.

DUMÉZIL, Georges. *Mythe et épopée*, 2. ed. corrigida. Paris: Gallimard, 1978.

DIEL, Paul. *Le symbolisme dans la mythologie grecque*. Paris: Payot, 1981.

DEL VECCHIO, Georges. *La justice, La vérité*. Paris: Dalloz, 1955.

ELIADE, Mircea. *Lo sagrado y lo profano*. Trad. espanhola Luis Gil. Madri: Guadalajara, 1973.

FERRAZ JR., Tércio Sampaio. *Introdução ao estudo do direito: Técnica, decisão, dominação*. São Paulo: Atlas, 1988.

FRÄNKEL, Herman. *Early Greek Poetry and Philosophy*. Trad. inglesa Moses Hadas e James Willis. Oxford, Basil: Blackwell, 1975.

FRAZER, James George. *Mythes sur l'origine du feu*. Trad. francesa G.-M. Michel Drucker. Paris: Payot, 1969.

FRAZER, R. M. "Pandora's diseases", *Erga* 102-04, *Roman and Byzantine Studies*, v. 13, n. 3, pp. 235-8, set. 1972.

FINLEY, Moses I. *Os gregos antigos*. Lisboa: Edições 70, 1977.

———. *Les premiers temps de la Grèce: L'âge du bronze et l'époque archaïque*. Trad. francesa François Hartog. Paris: François Maspero, 1973.

——— (Org.). *Problèmes de la terre en Grèce Ancienne*. Paris: La Haye/ Mouton & Co., 1973.

GERNET, Louis. *Anthropologie de la Grèce Antique*. Paris: François Maspero, 1976.

———. *Droit et institutions en Grèce Antique*. Paris: Flammarion, 1982.

HAVELOCK, Eric A. "Hesiod on Poetry". In: *Preface to Plato*.

JANKO, Richard. *Homer, Hesiod, and the Hymns: Diachronic Development in Epic Diction*. Nova York: Cambridge, UK.: Cambridge University Press, 1982.

KERÉNYI, C. *The Gods of the Greeks*, 4. ed. Londres: Thames & Hudson, 1976.

KELSEN, Hans. *What is Justice? Collected Essays*. Berkeley/Los Angeles: University of California Press, 1957.

LA PENNA, A. "Esiodo nella cultura e nella poesia di Virgilio", *Entretiens sur l'Antiquité Classique*, t. VII. Genebra: 1962, pp. 213-52.

LORAUX, Nicole. *Les enfants d'Athéna, idées athéniennes sur la citoyenneté et la division des sexes*. Paris: François Maspero, 1981.

MOMIGLIANO, Arnaldo D. *Studies in Historiography*. Nova York: Harper Torchbooks, 1966.

NIETZSCHE, Friedrich. *Écrits posthumes*. Paris: Gallimard, 1975.

NILSSON, Martin. *A History of Greek Religion*, 2. ed. Nova York: W. W. Norton, 1964.

OTTO, Walter F. *The Homeric Gods: Spiritual Significance of Greek Religion*. Trad. inglesa Moses Hadas. Londres: Thames & Hudson, 1979.

———. *Les dieux de la Grèce: La figure du divin au miroir de l'esprit grec*. Trad. francesa Claude-Nicolas Grimbert e Armel Morgant. Paris: Payot, 1981.

PAZ, Octavio. *Signos em rotação*. São Paulo: Perspectiva, 1976.

PANOFSKY, Dora e Erwin. *Pandora's Box*, 4. ed. Princeton: Princeton University Press, 1978.

PAULSON, J. *Index Hesiodeus*. Hildesheim: George Olms, 1972.

PHILLIPSON, Paula. *Origini e forme del mito greco*. Milão: Einaudi, 1949.

PÍNDARO. "Ode Pítica VIII". Trad. e comentário de José Cavalcante de Souza. *Almanaque*. São Paulo, Brasiliense, n. 8, 1978.

POLIGNAC, François. *La naissance de la cité grecque: Cultes, espace et societé, VIIe-VIIe siècles avant J.-C.* Paris: Éditions de la Découverte, 1984.

PUCCI, Pietro. *Hesiod and the Language of Poetry*. Baltimore/Londres: The Johns Hopkins University Press, 1977.

RAMNOUX, Clémence. *Mythologie ou la famille olympienne*. Brionne: G. Monfort, 1982.

RÓNAI, Paulo. *A tradução vivida*, 2. ed. revista e ampliada. Rio de Janeiro: Nova Fronteira, 1981.

SOUZA, José Cavalcante de. "A polis como quadro institucional da cultura grega". In: JAGUARIBE, Hélio (Org.). *A democracia grega*. Brasília: Ed. UnB, 1981.

_____. "A forma dramática do mito". In: *Prometeu prisioneiro*. São Paulo: Roswitha Kempf, 1985.

SPINA, Segismundo. *Normas gerais para os trabalhos de grau*, 2. ed. melhorada e ampliada. São Paulo: Ática, 1984.

TORRANO, Jaa. *Teogonia, a origem dos deuses*. São Paulo: Massao Ohno/Roswitha Kempf, 1981.

_____. "Prometeu e a origem dos mortais". In: *Prometeu prisioneiro*. São Paulo: Roswitha Kempf, 1985.

VERDENIUS, W. J. *A Commentary on Hesiod*. Leiden: E. J. Brill, 1985.

VERNANT, Jean-Pierre. *As origens do pensamento grego*. Trad. brasileira Ísis Borges B. da Fonseca. São Paulo: Difel, 1972.

_____. *Mythe et société en Grèce Ancienne*. Paris: François Maspero, 1974.

_____. *Mito e pensamento entre os gregos*. São Paulo: Difel/USP, 1973.

VIDAL-NAQUET, Pierre. *Le chasseur noir: Formes de pensée et formes de société dans le monde grec*. Paris: François Maspero, 1981.

_____ e AUSTIN, Michel. *Economies et sociétés en Grèce Ancienne*. Paris: Armand Colin, 1972.

WALTS, Pierre. *Hésiode et son poème moral*. Bordeaux: Feret et Fils, 1906.

CADASTRO
ILUMI/URAS

Para receber informações
sobre nossos lançamentos e
promoções envie e-mail para:
cadastro@iluminuras.com.br

A *Iluminuras* dedica suas publicações à memória
de sua sócia Beatriz Costa [1957-2020] e a de seu
pai Alcides Jorge Costa [1925-2016].